好读 主编

不将就，才能
过上更好的生活

作家出版社

不妥协，让我们在兵荒马乱中安静地坚强。

做坚强独立的自己，不依附、不妥协，还给生活最美的样子。

不取悦，只愿在自己的世界里安好。

与其讨好别人，不如取悦自己。

明明可以微笑，何必微尘般生活？

不抱怨，就会从磨难中看到生活的斑斓。

这个世界从来不会让着谁，就算恨过、错过，也绝不将就去过。

不等待，想在最美的时光里与你相遇。

不要在岁月的漫长等待中，

错过了自己的幸福。

不畏惧，一生总要为梦想拼搏一次。

勇敢不是没有恐惧，而是心怀恐惧，仍然向前。

不依赖，便多了很多理由继续去爱。

寂寞了，独自去远行，
把淡淡的思念带走。

不放弃，总会有云破日出的时候。

不管外面天气怎样，
别忘了带上自己的阳光。

目 录
CONTENTS

Two

不将就：

决定你人生的，是你的选择

既然不愿在默默无闻中接受将就的生活，那就漫漫征途中继续前行。决定你高度的不是你的才华，而是你的态度；决定你人生的不是你的能力，而是你的选择。

//

Three

不依赖：
你不抛弃自己，没人能抛弃你   *075*

注重，但不依赖才华；相信，却不期待未来；不为流言所扰，不为世俗所伤，做自己想做的梦，去自己想去的地方，过自己想过的生活。只要你不抛弃自己，就没有人能抛弃你。

//

Four

不取悦：
取悦他人，永远比不上取悦自己　　115

活着不是只为了取悦世界，而是用自己的方式过更好的生活，
一个人如果没有让自己快乐的能力，又怎么能温暖世界，灿
烂生活？

//

Five

不等待：

我只想牵着她的手去看看这个世界　*153*

世间最珍贵的不是"得不到"和"已失去"，而是现在能把握的幸福。岁月匆匆，不要苍老了父母的等待，消磨了爱人的期待。

///

Six

不抱怨：
认清生活的不完美后，仍然热爱生活   *201*

不将就不等于抱怨这个世界。人生的真谛把抱怨变成善意的沟通和积极的行动，在认清生活的不完美后，仍然热爱生活。

///

序

再微小的努力，都会让自己的人生更精彩

　　将就，在《辞海》中解释为"迁就；勉强应付"。一提起这个词，让人很容易联想到"退而求其次""敷衍门面""将陋就简""牵萝补屋"这类委委屈屈的字眼。或许很少有人喜欢将就，但现实是，很多人不小心就将就了一件事，将就了一个人，将就了一个环境，甚至将就了自己的一生。

　　虽然生活从来都不是完美的，但这不是我们可以将就的理由。谁的人生都只有一次，怎么会宁愿慷慨赠予你不爱的人或不愿意做的事，也不肯选择不将就，来过自己喜欢的生活呢？

　　人生最精彩的博弈，或许就是将就和不将就的选择。选择不将就，首先是选择了一种积极的态度。

希腊神话中，掌握人类命运的神祇是姐妹三人，老大克罗托负责纺织生命之线，老二拉切西斯决定生命之线的长度，而老三阿特洛波斯则负责切断生命之线。她们喜欢闭着眼干活，随随便便就决定一个人的命运。看，命运之神就是这样茫然混沌，不会主动去讲什么关爱和回报，除非你扼住了命运的咽喉。命运或人性，都擅长干欺软怕硬的事。你将就一步，以为虽然委屈了自己一点儿，但能换来安稳，也算"退一步，海阔天空"了。但事实上，将就并不是彻底解决事情的方法，只怕是更大委屈的开始。

历史上的北宋是个经济发达的时代，但也有着强邻环伺的恶劣环境。北边有辽国，西北有西夏国，辽国灭亡后又兴起了金国。由于北宋朝廷对征服四邻这件事不上心，所以一直被四邻虐打。为了解决战争与和平的问题，北宋采取了一项妥协政策，用送出去叫岁币的钱换取边境的安宁。北宋政府认为自己不差钱，一年送出去几十万的岁币，比起上千万甚至亿万的政府收入来说，简直是九牛一毛，划算得很。但他们没想到的是，就这每年几十万的岁币，把邻居滋养得更强大，也更贪婪。而自己无形中变成了"摇钱树"，邻居们自家日子过得有一点不好，就马上过来摇一摇、抢一抢。而北宋政府采取一再妥协的政策，每被抢一次，都增加一点岁币，表面上这办法很快就息事宁人，实际上却助长了邻居的贪婪和蛮横，也让自己变得更加糊涂和懦弱。终于有一天，金国兵马南下，将北宋政府灭亡了。

事实上，北宋一直良将辈出，经济实力雄厚，并且深得民心，如果稍微改变一下将就的态度，或许历史就是另外一种可能。

比起态度，不将就更重要的是一种能力的支撑。

将就和不将就看起来是一道简单的选择题，但并不是简单的点头或摇头就能完成。选择点头的人，看起来避免了更难的挑战，实际上，岁月回报你的也只会是一份将就的生活。选择摇头的人会发现，怎么能将这份坚持变成自己想要的结果？接下来应该怎样面对挑战，达到目的？这些不仅需要态度，更需要有能力去完成。

有人说，成功就是一生只做一件事。坚持做一件事，现在往往被称作职人或者匠人精神，例如被称为"寿司之神"的小野二郎，一生只做一件事：做好吃的寿司。一辈子只做一件事，这好像不是一件太难的事，但实际上，能做好的人凤毛麟角。因为，即使一生只做一件事，能做好也是一种能力。其中要包含不妥协的坚持精神，不依赖的自立精神，不放弃的坚毅态度，不等待的执行力，以及遇到挫折不抱怨的宽宏态度和勇者的智慧，所有这一切就是不将就的内核。想要不将就，就只能让自己变得更强大。

世界从来就不会将就一个被动的人，想要和心爱的人在一起，想要实现自己理想中的事业，想要过自己喜欢过的日子，就只能拿出不将就的态度和坚定的努力精神。只有做自己喜欢做的事，才有目标和耐心去完成每一件看似简单其实并不容易的事情。就像只有跟自己心爱的人在一起，才会有无限的勇气去面对这漫漫的人生。

本书是经过读者二十年阅读筛选而出的关于态度和奋斗的散文，无论是不将就的态度，还是不将就的行动，都有细腻的表达和启迪，尤其对年轻人的奋斗之路更具有现实的指导意义。

谁的人生都只有一次，选择将就，伤了自己，也许还辜负了那些关心你爱护你的人。面对障碍，面对命运的各种纠缠，让我们用不将就的态度，去争取自己想要的东西。要知道，再微小的努力，都会让自己的人生更加精彩。

BEING OK IS THE KILLER
OF
A BETTER LIFE
摄影/渔火沉钟

不将就，才能过上更好的生活

Being OK is the killer of a better life.

chapter1

One

不妥协：
坚持得住，世界就是你的

温柔要有，但不妥协，我们要在慌乱中，安静地坚强。许多时候，只有坚持到了最后一步，生活的真相才会水落石出。

挨打后的商机

最能干的人并不是那些等待机会，

而是运用机会，攫取机会，征服机会，

以机会为奴仆的人。

——卓宾

2010 年 11 月 24 日，年届八十的 F1 掌门人、国际汽联副主席伯尼·埃克莱斯顿下班后，走在办公室附近的大街上。傍晚的伦敦大街上，车水马龙，流光溢彩。伦敦，这座世界的国际金融中心，散发出迷人的光晕和色彩。埃克莱斯顿脸上露出平和淡定的神色，边欣赏着街上美丽的景致，边向家走去。

一切都毫无征兆，突然之间，他就遭到了四名歹徒的袭击。这四名歹徒冲了过来，对着埃克莱斯顿就是一顿猛烈的拳打脚踢。埃克莱斯顿立刻痛苦地用手捂住眼，蹲在了地上。一个年届八十的老人，哪里经得起这四个壮汉的拳打脚踢？他随即瘫倒在地，痛苦地呻吟。

四个歹徒见埃克莱斯顿已被打倒，迅速地对他进行搜身。他们将埃克莱斯顿口袋里的钱包和手腕上那只价值 20 万英镑的名贵瑞士恒宝手表抢到手后，迅速逃离了现场，消失在茫茫雾色之中。

埃克莱斯顿被人迅速送到医院抢救。医生看到，埃克莱斯顿右眼乌青，几乎肿得睁不开眼了，左边嘴角也被殴打得青肿，形象极其狼狈。医生给他拍了照片后，开始给他治疗。埃克莱斯顿住了一个多星期的医院，才逐渐恢复了健康。

出院后，埃克莱斯顿渐渐地忘记了伤痛。但是，唯一不能使他忘记的是那只被抢走的恒宝名表。这只表对他来说很有纪念意义。那是在瑞士举办的 F1 国际汽车拉力大奖赛中，"车王"的接班人阿隆索获得了瑞士站的总冠军，为了庆祝这一伟大胜利，埃克莱斯顿特意来到瑞士恒宝表专卖店，购买了这只十分昂贵的恒宝表，并特意在表上刻有"F1 阿隆索瑞士总冠军"的字样。

现在，这只十分具有纪念意义的名表却被歹徒抢走。对于埃克莱斯顿来说，这种伤痛比身体上的伤痛更痛苦。那只恒宝表，总在他脑海里浮现，挥之不去，令他食不甘味。

突然，他似乎想起了什么，脸上露出一丝不易察觉的微笑。

他将自己被歹徒殴打并被抢走那只恒宝表的情况，与生产恒宝表的瑞士总部取得了联系，并在自己被打成"熊猫眼"那张奇丑无比的照片上，写上了这样一句话："看这些人干的好事，只是为了抢一块恒宝表。"他将照片传真到了瑞士，要求就用这张被打的照片为恒宝表做广告。

恒宝表执行董事长让·克劳德·比弗看到埃克莱斯顿给他发来的这张照片，和他想为恒宝表做广告的创意后，不禁脱口而出道："这家伙果然有胆量！"

于是，埃克莱斯顿受伤后的大头照与恒宝表一起印上了广告画。恒宝表老板比弗对前来采访的路透社记者说，这个恒宝表广告，传递出一种谴责一切暴力和种族歧视行为的理念，我觉得埃克莱斯顿表达出一种英国式的幽默，创意非常好……

据悉，这款恒宝最新一季的广告，给埃克莱斯顿带来了滚滚财源，远远超过了那只被抢的恒宝表价格。埃克莱斯顿笑了，笑得很舒心。尽管那被打成"熊猫眼"的瘀青还没有完全消失，但埃克莱斯顿早已赚到盆满钵满了。

商机，无处不在，无时不有。遇袭这件事，很多人看到的是不幸，而有人却看到了一个商机——即使被打成了"熊猫眼"。这不仅是一种敏锐或聪颖，更是一种商业智慧。

文/一面去

最伟大的违抗

> 只有服从理性,
> 我们才能成人。
>
> ——笛卡尔

满载着 462 名学生的韩国"岁月"号客轮,在发出巨大响声之后,船体很快发生严重倾斜。那一刻,乘客们惊慌失措。

这时,客轮上的广播响了,广播发出指令,要乘客们"待在原地",这样才能保证大家的安全。

学生们听话地穿上救生衣,一动不动地待在原地。客轮倾斜得越来越严重,人们在房间里站立不稳,倾倒下的货物纷纷砸在他们身上。

这时,一个名叫朴正顺的高二男生见此情景,拉起旁边的一个女同学,并对其他几个同学说:"快,我们不能'待在原地'了,这艘客轮肯定马上要倾覆了，我们赶快爬出客舱，等待救援；如果来不及救援，我们就跳进大海里去，或许能保住一条命。"

那个女同学用力甩开他的手，说道："我们要一切行动听指挥，不能擅自行动，我们出来的时候，老师反复强调了这一纪律……"

朴正顺的提议，没有得到一个同学的响应。朴正顺着急地说道："你们不听我的，那我自己跑了！"说完，他急速地滚爬着，爬出客舱，扶着外面的栏杆。

他看到，客轮倾斜了大约50度了，他着急地回过头来，对大家喊道："客轮倾斜50度了，马上就要沉没了，大家快出来啊！"

可是，依然没有人响应，大家非常听话地待在原地一动不动。

忽然，他听到一声："我听你的，也许你说得有道理。"说罢，一只纤细的小手伸了过来。

朴正顺一看，是他们班上的一个叫朴善玉的女同学。朴正顺赶紧伸出手，用力拉住那只手。他将自己和朴善玉紧紧地固定在栏杆上，防止滑落。

朴善玉看到眼前的大海波涛汹涌，一望无际，吓得浑身发抖，眼泪流了下来。朴正顺紧紧抓住她的手，鼓励她说："别怕，我们会得救的。"

这时，他们惊喜地看到，一艘艘快艇和橡皮船向客轮开来。在橡皮船人员的帮助下，他俩终于得救了。

他俩回过头去，发现客轮已全部倾覆了。尽管他俩用力呼喊着同学的名字，可是，回答他们的只有大海的波涛声……

得救后，朴善玉问朴正顺："你是怎么知道客轮要倾覆的？"

朴正顺说："我曾经看过一本海上自救读本，其中有一篇文章我记得很清楚，当客轮倾斜 20 度的时候，乘客必须要赶紧离开客舱，跑到外面抓住栏杆，等待救援。我当时感觉客轮早已倾斜超过了 20 度，可这个时候，广播里还在要求大家待在原地，这显然是不对的。那个时候，我必须要违抗指令，这样才有获救的可能。"

朴善玉听后潜然泪下，哽咽地说："谢谢你违抗指令，也救了我——可是，还有那么多的同学，因为服从了广播里'待在原地'的命令，乖乖待在原地，即使怀疑这个'待在原地'的命令不大对，也不敢越雷池半步。他们是因为听话而失去了生命啊！"

有记者在随后的报道中指出，服从指挥，是人们常常倡导的一种精神，但这个"指挥"，必须是建立在科学和理性的基础上。如果遇到了盲目指挥，受众者敢违抗指挥，才是一种科学和清醒的态度。这种清醒和理性的违抗，可以说是最伟大的违抗。

文/李良旭

拆掉心中的监视器

不要在意别人的眼光，

除非她对你很重要。

——李宫俊

康奈尔大学是一所位于美国纽约州伊萨卡市的私立研究型大学，托马斯·季洛维齐是该大学的心理学教授。他曾经做过一组实验。

第一个实验：

在实验中，季洛维齐教授要求一名学生穿上印有美国著名歌手、创下了"唱片全球狂售7000万张"傲人纪录的巴瑞·曼尼洛头像的T恤，然后走进几个有4名至6名学生正在做实验的实验室，停留片刻以后就离开了。

接下来，季洛维齐教授让这名穿T恤的学生猜测：在实验室做实验的学生中，有多少人会注意到他穿的 T 恤上印有曼尼洛的头像。穿 T 恤的学生猜测，有 46% 的学生能看出来。

当得到穿 T 恤学生的猜测答案以后，季洛维齐教授亲自来到实验室，询问那里的学生："刚才进来那人穿的是什么样的 T 恤？"结果，只有 23% 的学生回答说："他穿了印有曼尼洛头像的 T 恤。"

这就是说，穿 T 恤学生的猜测，过高地估计了自己被关注的程度，比实际被关注的程度要大得多。或者说，实际上他被关注的程度，仅仅是其猜测的一半。

第二个实验：

在实验中，季洛维齐教授要求另一名学生先后穿上印有著名喜剧演员杰瑞·宋飞和著名黑人活动家马丁·路德·金头像的 T 恤，然后以相同方式，进行了第一个实验的内容。

实验的结果大体相同：能够记住 T 恤上印有什么人头像的学生更少，只占了 8%，但穿 T 恤者猜测自己被关注的程度却高达 48%。

季洛维齐教授根据上面的两个实验，做了这样的总结：

我们经常觉得别人时刻在关注着自己，于是便会产生一些担心。比如，"我穿这套衣裤上班，别人会认为得体吗？"比如，"我穿这双鞋与这套衣裤上街，别人会认为搭配吗？"比如，"我戴的这个纱巾，别人会喜欢吗？"比如，"我买的这款手机，别人会觉得时尚吗？"

其实，诸如此类的这些担心都是多余的，都是不必要的。因为，

BEING OK IS THE KILLER
OF
A BETTER LIFE
摄影/渔火沉钟

我们一般人不是明星，别人不会像关注明星那样关注我们。这种担心的心理，就相当于我们自觉或不自觉地在自己心中安装了多余的监视器，然后自己将自己监控起来。

监控者明明是自己，却误以为是别人。如果我们不在自己心中安装这种多余的监视器，就会减少许多担心和烦恼，增加许多从容与快乐。

文/陈自强

大颅榄树的不育之谜

乐观地设想、悲观地计划、愉快地执行。

——稻盛和夫

大颅榄树是一种非常名贵的树种。树高几十米，树冠绰约多姿，木质坚硬，木纹美丽，既是漂亮的绿化树种，又是优质的建筑用材。

但是，大颅榄树十分稀少。在世界七大洲中，只有非洲才有；在非洲也不是到处都有，只有岛国毛里求斯才有；在毛里求斯也已经屈指可数了，全国一共只剩下13棵。更令人担忧的是：这13棵树已有300多岁的高龄，都到了垂暮之年，一旦这13棵树寿终正寝了，地球上就再也看不到大颅榄树的踪影了。

也许有人会问："既然大颅榄树如此珍贵与稀少，为什么不抓紧时间多培植一些呢？"

其实，人们挖空了心思，想尽了办法，不知付出了多少努力。

奇怪的是，它的种子无论怎样小心栽种，就是不发芽；它的枝条无论怎样精心扦插，就是不生根。人们无可奈何地感叹道："它就像患上了不育症。"如果这种状况得不到改变，用不了多久，大颅榄树就会一棵接一棵地死去，直到在地球上彻底消失。

大颅榄树的命运引起了世界各国许多生态学家的担忧和关注，纷纷研究它之所以不能繁殖的原因。

1981年，美国生态学家坦普尔来到毛里求斯，决心找出它不育的原因。他想，生殖是生物的天性。它的不育，可能是由于生态的变化使原来的生殖条件丧失了。但究竟是什么事物的改变导致了它的不育呢？

一次偶然的机会，坦普尔发现了一只渡渡鸟的遗骸，并在它的身体里找到了大颅榄树的种子。毫无疑问，渡渡鸟是吃大颅榄树果实的。博学多识的坦普尔知道：渡渡鸟是一种早已灭绝了的鸟，最后几只是1681年死去的，离现在正好是300年。这与13棵大颅榄树的年龄刚好一样。他认为，这两个300年很可能不是偶然的巧合。于是，他在多种设想的基础上又提出了一个大胆的新设想：这13棵大颅榄树很可能是在最后几只渡渡鸟的帮助下繁殖的，而渡渡鸟的灭绝造成了大颅榄树的不育。

坦普尔的设想毕竟是设想，究竟是不是正确，还需要实践的检验。可是渡渡鸟已经灭绝了，怎么样才能得到验证呢？于是，他用与渡渡鸟相似的吐绶鸡来实验，让吐绶鸡吃下了大颅榄树的果实。几天后，大颅榄树的果实随吐绶鸡的粪便一起排泄出来了。坦普尔把它们播种在土地里。过了一些日子后，种子发芽了，长出了绿色的叶子。

坦普尔通过实验证实了大颅榄树不育症的设想：原来渡渡鸟与大颅榄树之间有共生的关系。大颅榄树为渡渡鸟提供果实，渡渡鸟在享用果实的同时又为大颅榄树催生。因为大颅榄树的种子被坚硬的果壳包裹着，无法吸收水分，无法生出幼芽。经过渡渡鸟的消化以后，大颅榄树种子的硬壳被磨薄了，软化了，也就容易发芽了。自从渡渡鸟灭绝以后，大颅榄树就失去了催生婆，因而也就无法繁殖后代了。

生态学家坦普尔解开大颅榄树不育之谜的经过，被一些高等学校作为案例写进了《创新学》教材，以此来说明：世界万物是普遍联系的，只有大胆设想，才能开阔思路；只有开阔思路，才能找到出路。这正如两次诺贝尔奖获得者莱纳斯·鲍林所说："要产生一个好的设想，最好的办法是先激发大量的设想。"

文/杨丹尼

敢于直言，也敢于付出代价

我始终认为一个人可以很天真简单地活下去，
必是身边无数人用更大的代价守护而来的。

——安东尼·德·圣埃克苏佩里

伊格纳兹·塞梅尔维斯，1818 年生于布达佩斯，是一名产科
医生。作为一名年轻的见习医生，他在维也纳的一家妇产科医院
工作。在那里他有了令人震惊的发现：有十分之一的产妇死于产
褥热，她们都是穷人；而在家里生产的富有的产妇们，远没有这
样的死亡比例。

塞梅尔维斯仔细观察了医院的日常工作，开始怀疑是医生造
成了病人的感染。他注意到，医生常常解剖完尸体，就从停尸房
直接回到产房对产妇进行检查。因此他建议，作为一项实验，让
医生在接触产妇之前洗一下手。

洗一下手，对于医生来说是举手之劳。可是，要知道，这个

建议是塞梅尔维斯提出的，而塞梅尔维斯当时只是一名见习医生，是个无足轻重的小人物。还有什么要求比这样的要求更加无礼？他居然胆敢提出这样的建议？他的直言上谏被当时的医学界看成是对权威的冒犯。何况，洗一下手，就等于承认了产妇死亡的责任在于医生，是医生造成了病人的感染。这是权威们更难接受的。

但是死亡还在继续，这让塞梅尔维斯无论如何不再顾忌人与人之间那种庸俗与微妙的关系，让他义无反顾地坚持，去产房，去停尸房，向每一位医生发出请求，坚定而又固执。他请求医生们洗一下手。而当时的权威们，他们并不真的在乎拯救生命，他们关心的只是人们对权威的尊重和服从。一次次直言，一遍遍请求。最后，在穷尽了对塞梅尔维斯种种讽刺、挖苦和嘲笑之后，他们最后终于同意了，开始用肥皂清洗自己的手。

奇迹产生了，大批的产妇死亡停止了。"洗一下自己的手！"这个从塞梅尔维斯医生口中发出的无数遍请求，拯救了成千上万条生命，产妇的死亡率降到了仅仅百分之一。

其实，塞梅尔维斯内心十分清楚，因为冒犯权威，随之而来的，是维也纳医学界的排斥和忌恨。不久，他被迫离开了医院，离开了奥地利，虽然他对那里的人们尽心尽责。最后，他在匈牙利的一所地方医院结束了自己的行医生涯。在那里，他彻底放弃了世界、知识和他自己。一天在解剖室里，他将一个刚刚解剖过尸体的刀片，故意刺进了自己的手掌。不久他便死于血液感染。

就在塞梅尔维斯去世的两年后，"消毒外科手术"很快得到了普及。在后来的医学界，在人们的心目中，唯有塞梅尔维斯才是真正的英雄。

　　我们往往轻易就放弃了真理，是因为我们不敢向固定的习俗和强大的权威表达自己的意见；即便跨出了第一步，往往却因为人微言轻而不敢坚持；当意识到坚持将会付出代价，最终选择了退缩。生活中的真理，往往就这样湮没于我们内心的怯懦，而不是身份的卑微。

文/查一路

世界上没有一扇门是紧闭的

当你连尝试的勇气都没有，你就不配拥有幸福，

也永远不会得到幸福，伤过，痛过，才知道有多深刻。

——三毛

听说英国皇家学院公开张榜为大名鼎鼎的教授戴维选拔科研助手，年轻的装订工人法拉第激动不已，赶忙到选拔委员会报了名。但临近选拔考试的前一天，法拉第被意外通知，委员会决定取消他的考试资格，因为他是一个普通工人。

法拉第愣了，他气愤地赶到选拔委员会抗议。但委员们傲慢地嘲笑说："没有办法，一个普通的装订工人想到皇家学院来，除非你能得到戴维教授的同意！"

法拉第犹豫了。如果不能见到戴维教授，自己就没有机会参加选拔考试。但一个普通的书籍装订工人要想拜见大名鼎鼎的皇家学院教授，他会理睬吗？

法拉第顾虑重重，但为了自己的人生梦想，他还是鼓足了勇气站到了戴维教授家的大门口。教授家的门扉紧闭，法拉第在教授家门前徘徊了很久。终于，"笃笃笃笃"，教授家的大门被一颗胆怯的心叩响了。

院里没有声响，当法拉第准备第二次叩门的时候，门却吱呀一声开了，一位面色红润、须发皆白、精神矍铄的老者正注视着法拉第。"门没有闩，请你进来。"老者微笑着对法拉第说。

"教授家的大门整天都不闩吗？"法拉第疑惑地问。

"干吗要闩上呢？"老者笑着说，"当你把别人闩在门外的时候，也就把自己闩在了屋里。我才不当这样的傻瓜呢。"

他就是戴维教授。他将法拉第带到屋里坐下，聆听了这个年轻人的叙说和要求后，写了一张纸条递给法拉第说："年轻人，你带着这张纸条去，告诉委员会的那帮人，说戴维老头同意了。"

经过严格而激烈的选拔考试，书籍装订工法拉第出人意料地成了戴维教授的科研助手，走进了英国皇家学院那高贵而华美的大门。

其实这个世界上没有一扇门是紧闭的，只要你有勇气，没有一扇门不会被叩开的。

文/李雪峰

心怀恐惧，仍然向前

> 勇气不是没有恐惧，而是战胜恐惧。
> 勇者不是感觉不到害怕的人，而是克服自身恐惧的人。

> ——纳尔逊·曼德拉

孩子怕狗。大概是那次领他走亲戚之时被狗咬过裤腿的缘故，无论如何，他都不再去那亲戚家了。之后不久，我们搬到了郊外。

楼下不远处有一间木房，房外是个院子。站在楼上，我时常会观望院子里那些不知名的鲜花、果树，还有拴在柱子上的那只老狗。

孩子放学之时，总是要路过那儿。有一次，他从那儿急急跑过，立刻引来了院子里的狗叫声。他吓得一阵哆嗦，不顾一切地往家里跑。直到我将他抱起时，才哇哇大哭出声。

再路过那儿，他总是远远地隔着那扇门，小心翼翼地前行。我多次问他，为什么这么害怕那扇门？他回答我，因为门内有狗。

我不知该如何教导他不要惧怕狗，因为对于一个曾被这种动物伤害过的孩子来说，的确是一件难事。

绕着那扇门走了两年之后，那家住户搬走了。空荡荡的院子里，只留下那些不知名的鲜花和几棵果树，木门终日敞开。

这一个在我看似无关紧要的木门，却着实吓坏了我的孩子。他是在某日放学之时，才猛然发现那扇门是敞开的。于是，就站在那儿，再不敢过了。

晚饭时刻，我焦急着，他怎么还不回来？探窗一看，才发现他站在那条路上。

我冲下楼，问他为什么站在这儿，他回答我说，那扇门打开了，他怕那只狗会跑出来咬他。

我笑笑，领着他一路前行。快到那扇门时，他眼睛总是不由自主地朝着门内观看，紧拽着我的手，脚步加快。

门内，树上结满了嫩绿的苹果。孩子禁不住站稳了脚，躲在我身后，探个头来痴痴地看。他和其他城市里长大的孩子一样，苹果吃了不少，却还没真正见过苹果树。

我松开他的手，欲进门内摘几个果子。他害怕失去我这个唯一的屏障，于是，紧拖着我的手不让我去。几经说教后，他才极不情愿地松开了我的手。

他欣喜地看着我摘那些诱人的苹果，想要进来一起摘，却又怕那只狗。我看出了他的心思，环视一遍之后，确定地告诉他，这屋内已经没人了，那只狗也被带走了。

他疑惑地看了看我，再侧头看了看那只狗以前所在的位置，才慢慢地走进门内，一下子扑到我的怀里。

摘苹果时，他老是时不时地看看那根柱子，生怕那只狗是躲在后面，会忽然跑出来咬住他。而十几分钟后，他终于坦然了，独自一人在果树下蹦来跳去。

当我在楼上再次看到他站到了果树下时，我忽然明白了，孩子所惧怕的，并非是真真切切的狗，而是曾让他惶恐不安的那只狗。这只狗，是只在他心中才有的。而现在，他学会忘掉了那只狗。

历经人世变迁之后，在我们的内心深处，是否也存有这么一只"狗"，让我们对很多已消亡的事件，顿生惧怕？如果真的是这样，请下定决心面对让自己恐惧的事，试着去做，去克服。要知道，勇敢不是没有恐惧，而是心怀恐惧，仍然向前。

文/阮小青

我们不懂，但仍是自己人生的主宰

道理是类似的，见识，见识，见识，
见多了，琢磨多了，就识了，就知道了。

——冯唐

去看望一位进城打工的亲戚，在他租住的房子里遇到一帮老乡，也都是来城里讨生活的，时间长的已经进城七八年，短的则是今春刚刚来的。与他们用家乡话交谈，无比亲切。在他们眼里，我在城里有体面的工作，有自己的住房，讲普通话，已经脱胎换骨，成了真正的城里人。可我并不觉得，我与他们有什么不同。

聊着聊着，有人讲起自己刚进城时，因为不会坐公交车，看见一辆辆公交车来了又走了，思来想去没敢上，最后，硬是靠双脚步行了两个多小时，才从工地走到亲戚租住的地方，加上一天的劳累，脚都磨出了水泡。他讪笑着说，幸亏来时记得是沿着一条大道笔直走，不然，肯定要迷路。真没想到，城里的一条路，会那么长。

他的话，引起了大家的兴趣，大家不知不觉扯起了自己刚进城时，因为什么也不懂什么也不会什么也不知道，所遭遇的种种尴尬。

二胖子说，他刚进城找的第一份活是送水工，因为对环境不熟悉，开始的时候，老板让他送的都是附近老小区的家庭用户，老小区全是多层建筑，他都是一桶桶扛上去的。有一次，一家公司要求急送水，其他送水工都送水去了，老板就临时让他去送。那家公司在一幢大厦的17楼，老板嘱咐他坐电梯上去。

他扛着水到楼梯口时，正好电梯里走出来一帮人，等人都下完了，他扛着水，犹疑地走进了电梯。他一进去，电梯的门自动关上了，真是神奇啊！他好奇地四下张望。过了一会儿，电梯的门又开了，几个乘客站在电梯口，他扛着水走了出来，抬头一看，傻眼了，怎么还是在一楼楼梯口？

原来他没摁楼层，电梯根本就没动。看着电梯门又慢慢关上了，他没好意思再走进去。二胖子说，最后他是爬楼梯将那桶水送到了17楼。

三娃笑岔了气，你不摁楼层，电梯怎么会走呢？你可真笨，这么简单的事都不会。笑够了，三娃自嘲地说，不过，自己刚进城那会儿，也是什么都不懂，闹了好多笑话。印象最深的是，第一次发工钱时，可把他高兴坏了，他想打个电话告诉家里的媳妇。

当时，全村只有村西头的代销店有一部电话，在外打工的人，都是将电话打到代销店，然后，代销店就喊一下谁的家人来接电话。那时候，城里的路边上，用的都是磁卡电话，三娃也花 20 元，买了一张磁卡，然后，找到一部磁卡电话机。

兴奋地走进了好看的话亭里，他才发现，自己压根儿不会用磁卡，更不会打电话。他先是拿着磁卡，四处比画，一会儿放在话筒上，一会儿贴在数字按键上，一会儿搁在话机顶，但是，无论怎么折腾，电话就是不通。

倒腾了半天才发现，电话下端有条缝，是要将磁卡插进去的。可是，正面、反面，掉个头，再正面、反面，这样来回插了七八次，才总算让电话能用了。

一个老乡说，他刚进城的时候，有一次去一家宾馆干活，宾馆的大门是旋转门，他拎着维修工具站在门口，犹豫了很大一会儿没敢进去，他不知道怎么跨进去，又怎么跑出来，末了还是工头一手拉着他，将他拖了进去。

另一位老乡说，老板给他们每个人办了一张银行卡，工资都是像城里人一样打进卡里的，第一次拿着卡到自动柜员机上取钱时，他忙活了二十多分钟，急得满头大汗，没取出一分钱。柜员机外，排起了长队，最后惊动了银行保安，以为他在柜员机上做什么手脚呢。

一位女老乡说，刚进城那会儿，正好一个亲戚家的孩子结婚办酒席。她第一次上那么高档的酒店吃饭，面前盘子碟子摆了好几个，都那么干净，那么漂亮。她以为都是餐具，所以，吃饭的时候，她端起面前的一只盘子就去盛饭，边上一个时髦的女孩皱着眉头告诉她，那是盛垃圾的，她的脸窘得通红……

大家你一言，我一语，讲着自己刚进城时所遇到的一件件尴尬事、难堪事、苦恼事。那都是多么简单的事情啊，但对于他们来说，因为从未见识，更从未经历过，所以，才屡屡现丑，出尽洋相，甚至被人看不起，笑他们又傻又土。

我知道，即使已经在城里生活了很多年，他们仍然有太多不懂的东西，因为事实上，他们很多人，根本就没有机会了解和融入主流的城市生活中。

我想告诉他们，不懂、不会、不知道，这都不是他们的错，既不必为此难为情，也不必为此自卑。人生就像一座城，刚进去时，我们啥也不懂，但仍然是人生的主宰。

文/孙道荣

在失败废墟上成功的人更伟大

我始终将自己的失败藏匿心底，

失败只不过是一次未成功而已，

它并不会阻挡你的前进道路。

——波伏娃

二十三岁的时候，他意外地失业了。他想恰巧可以利用失业这段时间，全心地去竞选议员，但竞选结束时，他失败了。那是1832年。

他办了一家工厂，但一年不到，就破产了，而他因为工厂的破产，还债整整用去了十七年。

失业的第三年，他最心爱的未婚妻不幸患病去世，他整夜整夜地失眠，茶饭不思，医生诊断他患了神经衰弱症。

1838年，他竞选州长，落选了。1843年，他竞选国会议员，又失败了。三年后，他又竞选国会议员，终于成功了一次，成了美国国会议员。两年后,他竞选连任,但失败了。他向州政府申请,希望能做本州的一名普通的土地管理员,但被冷冷地拒绝了。

1854 年,他再次竞选议员,失败了。1856 年,他雄心勃勃地竞选副总统提名,被对手以明显优势击败。1858 年,他又一次竞选国会议员,结局还是失败。

在他的一生里,他坚持尝试过十一次,但失败和成功的比例是九比二,但他没有绝望,也没有沮丧,而是咬着牙挺住了。1861 年,他已经 52 岁了,但他还没有放弃自己的梦想,那一年,他终于过关斩将,当选为美利坚合众国第 16 届总统。

这样一个一次次从失败的阴影中走出来的人,该是一位多么坚韧多么伟大的人啊。的确,他是一位伟人,他有彪炳千古的政绩,至今还被人们所深深敬仰和怀念着,他就是美国第 16 届总统和美国历史上最伟大的总统之一——亚伯拉罕·林肯。

当选总统后,曾有记者采访他问:"您以前总是失败,而现在您终于如愿当选上了总统,您对您的一生怎么评价?"

林肯笑了笑说:"幸运总会光临那些永不放弃的人,在失败废墟上成功的人更伟大。一个人,一生成功两次就足够了。"

永不放弃,永不被失败所屈服,失败的记录越多,成功的果实也就越甜越大。

文/吕晓

北极熊的等待

等待后面是等待，更沉默的等待，

然后咬紧了牙关，等待更多的等待。

——五月天

冰天雪地的北极洲，厚厚的冰层上面散落着一些冰窟窿——这是海豹的出气口。体形硕大、浑身雪白的北极熊晃动着略显笨拙的身躯，在这些出气口间来回徘徊，期待着能够猎取到定时上来出气的海豹。

北极熊这种主动性的进攻显然不是明智之举，海豹通过北极熊行走时冰层的震动，能够觉察到它的一举一动，并选择恰当的出气口。北极熊的来回奔波往往徒劳无功，曾经的踌躇满志，已经被残酷的现实击得粉碎。

北极熊意识到这种行动的愚蠢，它停止了能够暴露行踪的走动，坚定地守住一个出气口，一动也不动。北极熊的"不动"显然比"动"带给海豹更大的危险性，海豹由于北极熊的"不动"而对冰面上的情况一无所知，选择出气口往往带有很大的赌博性。

而由于海水的浮力，海豹一旦露出水面，想在短时间内返回水中几乎是不可能的，如果出气口边恰有一只北极熊，它只能面临灭顶之灾。但北极熊的运气不会那么好，一只海豹的出气口有十几个之多，很显然想捕捉到一只海豹就要付出长久的努力和等待，一天、两天、三天……

冰天雪地中的这种等待考验着北极熊的毅力、意志和勇气，狂风吹得它洁白的绒毛如波涛起伏，扬起的雪屑落在它的眼睫毛上，让它睁不开眼睛。所幸北极熊的等待不会白费工夫，每周它都能成功地捕获一只海豹……

北极熊的聪明在于，它掌握了身边事物发展的规律，它知道，在成功之前要经过漫长的等待和煎熬，过程是通往结果的必由之路，只有懂得等待，并在等待成功时能够承受住磨炼和打击，才能得到自己想要的结果。

文/清山

不设防的墙

自由带给我们的，

原来是幸福之外的一切……

——乔纳森·弗兰岑

柏林墙又加高了，防护网一层又一层，克鲁茨慢悠悠地走过去，然后又绕回来，接着无奈地摇摇头，离开了警察的视野。

没有人发觉这个过程有什么不妥，只有克鲁茨自己知道，站在墙边的那个警察是好人。只要把写好的信放在离他不远处的那块石头下，第二天早上信便会送到东边去，然后再几经周折，转到它该到的地方。所以，他内心深处把这条十余米的墙叫作不设防的墙。

警察叫莱恩，听说是个左派，一直以来便主张推翻柏林墙，所以在柏林墙两侧的通信上，他总愿意帮助大家，尽管站岗的他总是一副冷冰冰的样子。

大概有很多人对莱恩心怀着感激吧，就像克鲁茨一样。而他每天都会向上帝祷告，莱恩一定不要出事，这可是联络东侧唯一的途径。但事情就是这样，越是担心，它便来得越快。

当然，克鲁茨并没有丝毫察觉，因为莱恩被抓之后，很快就被秘密转移了，他站岗的那个时段很快有新人替上，而新来的这位警察甚至解释说："莱恩警官升迁了，真为他感到高兴！"所以，当半个月后，一群人突然冲进克鲁茨家时，他还懵然不知发生了什么。

这是一群极其残忍的人——监狱里，克鲁茨看到莱恩时，差点没能认出来，满脸的血早已干枯，头发散乱，一条腿分明已经断了，整个身体几乎已不成人形。可让克鲁茨怎么也无法接受的是，他们这样对待莱恩的原因，竟然是因为无法解密克鲁茨的信。这么多信件中，偏偏是他。

"为什么看起来信只是一片空白？到底采用了什么技术？"他们审讯克鲁茨，就在莱恩面前。可克鲁茨能回答什么呢？他根本就没有使用任何技术，他告诉对方，自己通过莱恩递送了一百多封信，每封信都是这样子的。

鬼才相信这样的解释，谁会冒着生命危险传递没有内容的信息，而且还不写发件人地址。要不是这半个月明察暗访，几乎让一条大鱼给漏掉了。对方已经拿起了刑具，这些人最擅长的就是这个，一旁的莱恩便是证明。

"是真的，这些信是寄给我那在比萨里镇老母亲的，求你们了……"克鲁茨拼命解释，但对方却是一阵冷笑，"写给母亲的信便要空白吗？还是只有柏林墙那边的'母亲'才能解密啊？"他们似乎已经认定了克鲁茨和莱恩合伙通敌，如果不能得到他们想要的是不可能停手的。

幸运的是，在最后关头，上帝终于来临。"不，不是的。"克鲁茨焦急地解释道，"因为我那老母亲根本就不认识字，我之所以每天都给她寄信，只是希望邮递员能够每天去看看她，也不至于出了事也没人知道。"

正是因为这个解释，不仅是克鲁茨，还有莱恩，还有其他几个寄了信的西德人，最后都安全地离开了那座血腥的地狱。直到1989年柏林墙被推倒，他们集体被邀请参加了庆祝仪式，而克鲁茨还特别上台讲述了那段不设防的柏林墙，讲述了他写给母亲一百多封信的故事，并告诉所有德国人，亲情比政治更重要，它的基础叫自由。

文/十九号师兄

不将就，才能过上更好的生活

Being OK is the killer of a better life.

chapter2

Two

不将就：
决定你人生的，是你的选择

既然不愿在默默无闻中接受将就的生活，那就漫漫征途中继续前行。决定你高度的不是你的才华，而是你的态度；决定你人生的不是你的能力，而是你的选择。

不同的选择，造就不同的人生

> 走好选择的路，别选择好走的路，
> 你才能拥有真正的自己。
>
> ——杨绛

接触到小提琴的制作流程时，心里忽然若有所动。

一把精美的小提琴，木料的选择是关键。匠人在选择木料时，会非常注意年轮的数目。在他们的印象中，每棵历经岁月洗礼的大树中都藏着一个精灵，而这精灵，正是决定着一把琴是否出色的灵魂。

选准了木料之后，带着皮的大树要在阳光下风干两年，使含水率低于10%。剔除了水分，大树的木质会变得更紧密，这时，第二道工序开始了。

风干的大树被分割成木板之后，进入一个幽黑的终年不见阳光的房间，好像大师的闭关修炼，根除杂念，凝聚精魄。这段静默岁月一直要持续四到五年。经过这么长时间的"韬光养晦"，本来混沌的木板逐渐有了灵异之气，老练的工匠，这时可以从一块普通的木板身上，判断出一把小提琴的琴质。

接下来的工序虽然依然复杂，可大多只是烦琐的步骤，比如制作面板、挖声孔、开槽镶线、上侧板，以及雕刻琴头等。而最让我触动的，还是第二道工序。

那是一块木头成为一把琴必须要经历的最漫长时光。万籁俱寂中，那些曾经在大自然中吸纳的宇宙之气和百鸟之声，一点一点地从木头中渗透出来。从灰尘满面到纯若处子，年轮虽然依然在，可凝结在木头中的精魄却变得纯净而空灵。

优秀的工匠都知道，每一块能够成为小提琴的木头，在成品后都会具备一个特质，那就是身处嘈杂之境而旁若无人的定力。否则，交响乐的现场，那么多乐器奏出的那么复杂的旋律中，听众怎能辨别出小提琴的独有魅力？

这样的修炼，极易让人联想到世人眼中的"大器"。

曾经有人总结过成功规律，他们发现这样一个事实，凡在专业领域有突出表现的"大器"，一定会在这个行业付出最少十万个小时的时间。

十万个小时，如果一天按八小时工作时间算，这就意味着一个人要想取得一定成就，必须要勤勤恳恳、心无旁骛地努力三十年。

而看看我们周围，又有多少人能有这样的定力与毅力呢？明白了这一点，我们也会理解，为什么这个世界上，平庸者众，而精英者寡。

对于一棵大树来说，能以一把小提琴的形式长存于世，绝对是一个无比浪漫的结局。这一点，和一个人能凭借自身的业绩，在生命枯槁之后尚有不绝的佳话或传说，具有同等的魅力。

而在我看来，大树比人更要凭借外在的运气，因为，它的浪漫和是否被选择有极大的关联。而作为一个人，更多时候，我们需要的是一种自发的内省和定力，或者说，很多时候我们做的是选择题而不是被选择题。

舍得放弃纷繁红尘中的诱惑和热闹，舍得放下你侬我侬中的情深和意长，舍得让自己从一个八面玲珑、颇受欢迎的人精蜕变成肯锦衣夜行的隐者。除了所有这些，还需忍受漫长的寂寞和孤单，还要面对随时而来的彷徨和绝望，还要担负别人的讥讽和嘲笑。

虽然形式上没有那座黑房子，可对于每一个在梦想道路上奔跑的人来说，他的心总是时刻屏蔽在一个静默的领域，唯有这样，他才能让每一分钟都得其所用——而这样的人，注定是稀缺的。

世人未必不奢望这样幽深的境界，可是更多时候，有些人会认为，这样的付出与修炼，并不一定值得。

人生苦短，现世安乐，流芳千年又如何？

而事实上，我们也的确有认知的误区。人们宣传褒扬这样的德行，大多时候所凭借的因由，只是最终的硕果。

几乎所有人都会忽略另外一个事实，那就是在静默中前行的那个勇者，他的内心，时刻都有灵魂的清越之声在激荡。这是命运赐予追梦人的最崇高的现世享受。而这样的清越之声，有的人一辈子都无从知会。

是做一块劈柴，在炉灶间拥有片刻的火焰和光华，还是茕茕孑立于一室，聆听蕴藏在清奇纹理中的琴声？不同的木头拥有不同的选择，而不同的选择铸就了不同的人生。

文/焦糖布丁

重要的是让自己强大起来

我们要学习的不是如何让自己强大起来，

而是让自己原本就具有的强大，拂去尘埃，闪闪发光，

铮铮作响。

——毕淑敏

一位搏击高手参加锦标赛，自以为稳操胜券，一定可以夺得冠军。

出乎意料，在最后的决赛，他遇到一个实力相当的对手，双方竭尽全力出招攻击。当对打到了中途，搏击高手意识到，自己竟然找不到对方招式中的破绽，而对方的攻击却往往能够突破自己防守中的漏洞。

比赛的结果可想而知，搏击高手惨败在对方手下，也失去了冠军的奖杯。

　　他愤愤不平地找到自己的师父，一招一式地将对方和他搏击的过程再次演练给师父看，并请求师父帮他找出对方招式中的破绽。他决心根据这些破绽，苦练出足以攻克对方的新招；决心在下次比赛时，打倒对方，夺回冠军的奖杯。

　　师父笑而不语，在地上画了一道线，要他在不能擦掉这道线的情况下，设法让这条线变短。

　　搏击高手百思不得其解，怎么会有像师父所说的办法，能使地上的线变短呢？最后，他无可奈何地放弃了思考，转向师父请教。

　　师父在原先那道线的旁边，又画了一道更长的线。两者相比较，原先的那道线，看来变得短了许多。

　　师父开口道："夺得冠军的重点，不在如何攻击对方的弱点。正如地上的长短线一样，只要你自己变得更强，对方就如原先的那道线一般，也就在相比较之下变得较短了。如何使自己更强，才是我们需要苦练的根本。"

　　在夺取成功的道路上，在夺取冠军的道路上，有无数的坎坷与障碍，需要我们去跨越、去征服。人们通常走的有两条路：

　　一条夺冠之路是侧重攻击对手的薄弱环节。不少人都喜欢直接找出最速成的方法，正如故事中的那位搏击高手，欲找出对方的破绽，给予致命的一击，用最直接、最锐利的技术或技巧，快速解决问题。

　　另一条夺冠之路是侧重全面增强自身实力，就是故事中那位师父所提供的方法，更注重在人格上、在知识上、在智慧上、在实力上使自己加倍地成长，变得更加成熟，变得更加强大，使许多以往令人头痛的问题，不药而愈，迎刃而解。

其实，这两条夺冠之路并不是完全排斥的，而是相辅相成的。巧妙地攻击对手的薄弱环节是极其必要和重要的。记得一位伟大的军事家说过：用一句话来概括指挥战争的艺术，就是集中优势兵力来打击敌人的薄弱环节。

但是，全面地增强自身实力，则是攻击对手的薄弱环节的基础。在人们普遍看重攻击对手的薄弱环节的情况下，听一听那位师父全面地增强自身实力的妙论，还是很有启发的。可以说，全面地增强自身实力，是解决疑难问题的最稳妥的方法，是迈进成功之门的最可靠的途径，是胜在战前的夺冠之本。

文/蒋光宇

一滴水成就不凡的一生

> 普通人，大量的日子，很显然都在做一些小事，
> 怕小事也做不好，小事也做不到位。
>
> ——汪中求

日本明治初期，京都曹源寺有一位高僧，名叫仪山。

有一天，仪山大师准备洗澡。他发现浴池里面的水烧得太烫，无法进去，就唤来一个刚来不久的小和尚，吩咐说："太烫了，提来一些冷水加进去。"

小和尚拿起了附近的水桶，提起之后发现桶底还有一点水，便随手把桶底的水倒掉了。

"你干什么？"仪山大师厉声喝道。

那个小和尚不晓得仪山大师为什么突然大发雷霆，愣在那里不知如何是好。

当小和尚打算走开时，仪山大师又大喝一声："你把水倒到哪

里了？"

小和尚答道："我把它倒在院子里了。"

"真蠢！一滴水也珍贵无比，岂可浪费？你为什么不用它浇树？"

虽然小和尚一连挨了两次训，但是心里却充满了悟道的欣喜。他认识到："原来，一滴水也有它的珍贵意义。"

一件小事，可以改变一个人的一生。从此，他就将自己的名字改为"滴水"。后来，这位滴水在仪山大师的教诲和熏陶之下，终于成为在日本佛教界与仪山大师齐名的高僧。

晚年，滴水大师写了这样一句话：

"曹源一滴七十余年，受用无尽盖地盖天。"

修炼品德要从小事做起，经营财富也得从小事做起。

洛克菲勒是美国第一个占有十亿美元资产的巨富。他之所以成功的原因固然很多，但从他一丝不苟地降低成本和减少开支的小事，足可以看出他之所以能够成功的一个重要原因。

有一次，洛克菲勒在美孚石油公司的一个包装出口火油的工厂发现，封装每只油罐都用 40 滴焊料。他经过多次试验证明：用 38 滴焊料封装每只油罐，偶尔会有漏油；用 39 滴焊料封装每只油罐，既可以节约一滴焊料，又可以完全杜绝漏油的情况。

于是，封装每只油罐都用 39 滴焊料，便成为美孚石油公司的统一标准。可见,洛克菲勒的管理之严格,就连一滴焊料也不放过。

见微知著。从上面的这些小事,可以看到美国"石油大王"洛克菲勒管理思想的一个重要特点:不放过焊料的一点一滴!不放过支出的一毫一厘!简言之,从小事做起。巨富核算到点滴毫厘,正是巨富之所以成为巨富的一个重要原因。

万里长城是一砖一砖砌成的,汪洋大海是一滴一滴汇成的。无论是修炼品德,还是经营财富,要成就一生一世的非凡大事业,都得从一点一滴的平凡小事情做起。

文/赵连起

挂在树上的茶壶

我们应该摈弃惯性思维，

以及隐藏在惯性思维中的敌意。

——詹姆斯·希尔曼

有个笑话，说的是一个人偶然得了把紫砂壶，非常喜欢。睡觉时，他把紫砂壶放到床头的小柜子上，梦里一个翻身，紫砂壶的盖子不慎跌落。被惊醒后，他既心疼又气急败坏，没有了盖子的紫砂壶，还有什么用处？于是一甩手将茶壶丢到了窗外去。第二天早晨起床，却发现茶壶盖子完好无损地落在拖鞋上。

想起已经丢到窗外的茶壶，他又悔又恼，飞起一脚把盖子踩碎！吃完早饭，扛着锄头出工，一眼看见窗外的石榴树上，那把没盖子的茶壶，正完好无损地挂在树杈上。

那人欲哭无泪，让我既是惋惜又是感叹——谁的人生里，没有过一把挂在树杈上的茶壶呢？

一个年轻人，到城里做工，投奔到一个做大学教授的亲戚门下。他不过初中毕业，找份工作并不容易，东奔西跑地忙了一个月，工资没发，家里突然来了电话：父亲病了，急需用钱。穷途末路之际，他在亲戚家里偷了500块钱寄回去。

忐忑不安地从邮局回来，扒着门缝看到亲戚正在打电话，隐隐约约说到钱还有自己的名字。他马上着了慌，揣测着偷钱的事情已经败露，心乱如麻，于是慌不择路地冲进去就把亲戚杀害了。

后来这个人被逮捕归案，事情的真相却令他大出意外。原来那个亲戚并不知道他偷钱的事情，他是打电话给另外一个亲戚，他听说了年轻人父亲的病，正和对方合计给他家里寄点钱去。

紫砂壶的主人以为盖子掉在地上必然碎了，所以，把完好的紫砂壶也丢掉了。偷钱的年轻人以为偷盗败露必然受罚，所以，先下手为强，杀了无辜的亲戚。而生活的丰富在于，许多表象上貌似的必然，其结果却往往是相反的。许多时候，只有坚持到了最后一步，生活的真相才会水落石出。

还有一个真实的故事：一老一少两个朋友，误入深山老林，几乎弹尽粮绝。夜里，年轻人正昏昏欲睡，忽然看到老者悄悄在石头上磨匕首。他一下子惊在那里，想起了过去听说过，人饿到一定程度，会吃掉同类。一阵凉气从心底冒出来，死亡的恐惧之外，如今又增添了被杀的危险。

　　年轻人不想坐以待毙，于是，他也开始一有时间就磨自己的匕首。水和干粮越来越少了，两个人开始互不避讳磨匕首的急迫，偶尔年轻人看一眼老者，发现对方正若有所思地看着他，他就更加使劲地磨起自己的匕首来。一边磨一边想：什么时候动手合适，我一定要抢在他前面下手。

　　当最后一块干粮吃净之后，年轻人看着睡在另外一侧的老者，悄悄举起了匕首。老者却突然一个翻身，跑出了山洞。年轻人正犹豫着不知道该不该追出去，忽然听到老人惊喜地呼喊："有人来救咱们了。"年轻人跑出去一看，一小队探险队员正从丛林深处走来。

　　得救的年轻人把匕首远远地抛出去，没想到老者亲自给他捡了回来，他拉着年轻人的手颇动感情地说："我知道你的想法，但是，你还这么年轻，怎么可以自杀来成全我，实在万不得已，我会先你动手杀掉自己，让你有充足的食物。"

　　这个故事中，如果没有及时出现的探险队员，年轻人的匕首将会犯下多大的罪恶！幸运的是，他们没有死，更令人震惊的事实是，老者并非有年轻人想得那样歹毒，他是准备自杀来成全年轻人。

　　和挂在树上的茶壶比起来，迷失在深山的年轻人是幸运的，因为他等来了真相，少了一份为盲目的莽撞所付出的代价。其实，真相面前人人都是平等的，只要你有足够的耐心，只要你肯眼见

BEING OK IS THE KILLER
OF
A BETTER LIFE
摄影/渔火沉钟

为实后再做出决断。

　　说到底，很多遗憾，不过是因为我们那习惯性的想当然造成的。生活如此广博丰厚，个人的想当然，往往是狭隘、偏执甚至谬误的。为了让美好的生活少"一把挂在树上的茶壶"，从今天起，让我们多一分耐心给自己和外物，凡事多想七分好，这个世界就会少一分遗憾，多一份圆满。

文/庄小谐

永远把最好的给你

> 你不能光是把材料放到碗里混合了事，这样无法赋
> 予它们生命。
>
> 你必须成为一个有着爱憎细节的人，让这些细节成
> 为你身体的延伸。
>
> ——娜妲莉·高柏

单位食堂有两个打饭窗口，两位阿姨各负责一个。

每天到了开饭时间，两个窗口前，就会自觉地排起两条长队。两个窗口的菜完全一样，两个阿姨打菜的进度也差不多。刚开始的时候，到食堂就餐的人，往往是看哪边的队伍排得稍短些，就站在哪个队尾。有些心急的人，还会细心地点一点两边的人头，以选择站在哪个队伍中，仅仅是为了前面少一两个人。

可是，慢慢地，情形却悄悄地起了变化，左边窗口前排的队，总是要比右边的那个队长出很多，很多人好像都犯了傻，宁愿选

择左边的长队，也不去右边短的那条队。有时候，明明右边已经没人排队了，可以马上打饭买菜，大家好像忽然又不急了，而是选择站在左边的队伍中，宁愿在那里排队等待。

打菜的两个阿姨，都是食堂聘用的农民工，年龄差不多，态度都很和善，饭菜的分量也几乎没什么区别，都是一份菜一勺子，不多不少正好填满饭盆的菜格子。那么，为什么很多人会选择左边的窗口呢？

原因在于一个很微小的细节。右边窗口的阿姨，打菜的时候，一勺子下去，简单、干脆、利落，火候把握得很好，每次的分量，基本上不多不少，不偏不倚，偶尔分量多出了一点，她也不会扒拉回去。而左边的阿姨，则是将那一勺子菜一分为二，先打半勺子，再打半勺子。区别就在于后半勺，很多人就是冲着它来的。

比如食堂里最拿手的一道菜红烧肉，男同事一般喜欢肥肉多一点，而女同事往往更喜欢瘦肉。左边的阿姨打菜前会先看看客人，再给你打那后半勺子，喜欢肥肉的，就给你拣几块肥腻的；喜欢瘦肉的，就给你挑几块连肉带骨头的。

再比如食堂里经常做的一道菜西红柿炒鸡蛋，有人偏好鸡蛋，有人喜好西红柿，没关系，左边阿姨那后半勺，会根据你的偏好打给你。

同样一份菜，于是便有了细微的区别。正是这点小小的不同，使每个人盆中的那道菜，有了迥异的滋味，这份滋味，不仅在于盆中那份菜有多少差别，更是那份心。左边阿姨说过：我就是想把最好的给你们。

有人担心，这样打菜，会不会因为大家的偏好，而让有的菜剩下来？事实上从来也没有出现过这样的情况，一方面是因为有那前半勺子垫底，另一方面是大家的胃口，本来就是不尽相同的。

把最好的给你，这是一位食堂阿姨的打菜经验，也是她的做人之道。

还有一个异曲同工的事例。小区附近，聚集了一些挑担子卖水果的流动小商贩，沿着小区外的道路一字摆开。听口音，这些小商贩都是来自同一个地方，所卖的水果，也经常是一样的，估计都是从一个市场批发来的。橘子黄时卖橘子，苹果熟了卖苹果，枇杷上市的时候卖枇杷。

我常来这里买水果，方便、新鲜、价格公道，但我基本上只在那个头上扎着花布头巾的大婶那儿买。

买水果的人大都有个习惯，喜欢挑挑拣拣，可惜，我不大会挑选，特别是对一些刚上市的或者不常吃的水果。因此，每次上她那儿买水果，都是她帮我挑。她拿起一个水果，前后看看，放进塑料袋，或重新放回水果担子里，然后再拿起另一个。

每一个都是她细心地挑选过的，神情专注，倒好像她不是卖水果的，而是来买的顾客。我虽然不大会挑选，但我看出来了，她挑给我的，都是她的水果担子里最好的，从来没有在她挑给我的水果里，发现坏的、烂的、质次的。

她的生意比其他几个小商贩明显好出了很多。不独对我，对每一个来她这儿买水果的，她都会极细心地帮他们挑选，挑的也都是担子中又大又好的，而且绝不会像有的小贩，乘人不备顺手塞进一两个品相不好的。她总是将自己水果担子中最好的水果挑选给顾客。

有一次，我忍不住问她："你把好的都挑给我了，剩下来的不是难卖了吗？"听了我的话，她憨憨地笑着用方言说："不会啊，俺从市场批发水果的时候，都是挑好的，偶尔有些不好的，俺在家里已经先筛选过了。可以说，俺担子里的水果，都是好的水果，只不过，俺将最好的水果挑给你了。"

我恍然大悟，对啊，她只是把最好的挑给了眼前的顾客，换句话说，无论你什么时候来她这儿买水果，你所买到的，都是她的水果担子里最好的水果。

永远把最好的给你，这是多么朴实，又是多么深奥的处世之道啊！

文/麦父

形象是一个人的开路先锋

美必须干干净净、清清白白，

在形象上如此，在内心中更是如此。

——孟德斯鸠

五年前，玉峰毕业于中国一所名校的经济系。那时，他是一个充满抱负、追求独特个性的年轻人。他崇拜电脑奇才比尔·盖茨，喜欢模仿他不拘一格的休闲穿衣风格。他相信，"人的真正才能不在外表，而在大脑"。

对那些为了求职而努力装扮自己的人，他嗤之以鼻。他认为，真正珍惜人才的现代化公司，绝不会以外表来衡量一个人的价值与潜力。如果一个公司在面试时以外表来决定对一个人的取舍，那也根本不是他想为之效力的公司。

他不仅穿着牛仔裤、T恤，还穿着一双早已落伍了的20世纪五六十年代的鸭舌口黑布鞋。他认为，自己抗拒潮流又充满叛逆性格的独特装束，恰恰反映了自己与众不同的创造性思想和才能。

然而，他去外企一次又一次地参加面试，却一次又一次地以失败而结束。直到最后一次，他与同班同学被一外企公司召去面试。他的同学全副"武装"，西装革履，面容整洁，发型利落，手中提了个只放了几页纸的皮公文包，看起来已经俨然是个成功者。而他依旧是那套"潇洒"的"盖茨"服，外加上"性格宣言"的黑布鞋。当他进入面试的会议室时，看到约有五六个人，全部是西服正装。他们让人感到不仅精明强干，而且气势压人。他那不修边幅的休闲装，显得分外刺目，格格不入。巨大的压力和相形见绌的感觉，使他"恨不能找个地缝钻进去"。他没有勇气再进行下去，主动放弃了这次面试的机会。

后来，他对同学说："当时，我的自信和狂妄一时间全都消失了。我明白了一个道理，我还不是比尔·盖茨。"

对于绝大多数人来说，几乎都无法与比尔·盖茨相比。他是一个超级品牌，他的名字已经成为超级成就的代名词。他的辉煌成就、他对世界的巨大贡献，决定了他无论穿什么、讲什么，几乎所有的人不仅能够接受他、相信他，而且尊敬他、崇拜他。他是个传奇人物，他的成就和业绩已经超出形象可以传达的内容，衡量社会"成功"人士的形象标准已经无法应用于他。

"那些极其富有、成功和古怪的人，并不在乎自己留给人们的形象，但我们中的大部分人却不能不在乎外界如何看待我们。"英国著名的形象设计师戴安娜·麦特说的这句话很客观，既适用于比尔·盖茨，也适用于大部分人。

但是，即使是身为世界首富的比尔·盖茨，也并不是穿什么都能够被人尊重的。在北美的《高尔夫》杂志上，有这样一个关于他的传说。

一次，比尔·盖茨去打高尔夫球，他没有穿着高尔夫球场要求的服装，而是穿着牛仔裤和 T 恤，场地管理人员按规定没允许他入场。盛怒之下的他，当即买下了附近一个高尔夫场地。尽管他从此打高尔夫时可以不按规定穿着，可以不受他人限制了，但这也无可辩驳地说明，"盖茨"服装在特定的文化中也是行不通的。

其实，比尔·盖茨也并非完全不关注自己的形象。只要认真观察就会发现，他的形象也在与时俱进，日趋完善。当微软公司被联邦指控为垄断的时候，他被迫出庭，从没有一次衣着随便地出现在法庭和媒体上，而是严格遵守商业社会的规则，用西装革履展示给世界一个可靠、可信的自身形象。当他来北京演讲的时候，也没有一次穿着随便地出现在媒体的眼中。

他在媒体上的形象已经完全不同于以往，过去那个着装随便的比尔·盖茨已经逐渐消失了。崭新的比尔·盖茨形象，完全是一个华尔街上优秀的、出类拔萃的成功者形象。

　　形象是一个人的开路先锋，常常可以决定一个人发展的定位与进退。在实际工作与生活中，一个人只有展示出与期待职位相符合的形象，展示出成熟、可信、稳重的形象，才可能有更广阔的发展空间。

文/光哲

BEING OK IS THE KILLER
OF
A BETTER LIFE
摄影/渔火沉钟

成功，有时从一个卑微的愿望开始

不管你的生命多么卑微，你要勇敢地面对生活，
不用逃避，更不要用恶语诅咒它。

——梭罗

2007年2月27日，76岁的中科院院士李振声，因在小麦遗传和远缘杂交育种等方面的突出贡献，荣获2006年度国家最高科技奖。

李振声是如何摘取这项桂冠的呢？

李振声出生在山东淄博农村，虽家境贫寒，但重视教育的父母一直供他念书，先是私塾，后是学堂。13岁那年，父亲去世，母亲一人带着4个孩子，日子越发艰难。李振声在哥哥的资助下，读到高中二年级，便再也无法继续学业了。

辍学后的李振声只身来到济南，想托人找个营生。一次偶然的机会，李振声在街口看到山东农学院的招生启事，上面的"提

供食宿"四个字深深地吸引了他。于是他抱着试试看的想法报考了，没想到高中还没毕业的他竟如愿以偿被录取了。

又有饭吃，又能读书，这对于李振声来说，是个千载难逢的机会，他无比珍惜，所以学习特别刻苦。

谁会想到，当初只是为了糊口的李振声，一路走来，历经50年风雨，成了业绩斐然的大科学家！个中意蕴，着实耐人寻味。

其实，我们的成功，有时是从一个卑微的愿望开始的。因为卑微，便少了一些功利之心、名望之欲，也少了一些觊觎、竞争与挤压，可以平心静气地做好自己想做的事，更多了一些沉着与坚韧。一介挑夫，可能迫于生计，甚至为了一箪食、一壶浆，身负重轭，奋力向上，却兴许会比常人更快地登上泰山之巅。

文/春秋

平坦的路途，需要危机做点缀

过程是风景，

结果是明信片。

——蛋堡

朋友去尼泊尔旅游，回来谈起旅途见闻，脸上满是兴奋："尼泊尔太好玩了，尤其是丛林探险，紧张刺激，让人终生难忘。"只一句话，便吊足了我的胃口。

他从西藏进入尼泊尔境内，先到首都加德满都，第二站到了奇旺。在著名的奇旺国家森林公园，参加两日游，每人只需花2000卢比，折合人民币不到300元，包括乘坐独木舟、丛林探险、骑大象、晚会表演等项目。

坐着独木舟顺流而下，上岸就是神秘的原始森林，探险之旅随即拉开。出发之前，导游首先郑重其事地讲解安全规则："此地常有野兽出没,有孟加拉虎、野猪、豹子等,就连犀牛也可能袭击人,万一遇到野兽,大家千万不能大喊大叫,或者随意乱跑,一定要听我指挥。"

说完,他摘下头上的帽子,拿在手上:"如果有危险,你们就看我扔帽子的方向:帽子往左边扔,大家就往右边跑;帽子往前面扔,大家就往后面跑;帽子往天上扔,大家就赶快上树。"

导游是当地的中年汉子,高高的个子,黑且瘦,浑身上下透出精干和稳重,让人看着放心。担心众人没听清楚,他又不厌其烦地反复叮嘱、演示,直到每个人都烂熟于胸,这才正式出发。看到这种架势,朋友的两腿已经有点发软,心里直打鼓。

他是个胖子,上学时体育从没及过格,心想,千万别在这里喂了野兽,转念又安慰自己,哪有这么恐怖,说不定是导游故意吓唬人。

哪知怕什么就来什么,刚走出不到二里地,前面丛林茂密处,突然传出一声怪叫。导游顿时脸色大变,摘下帽子往天上一抛,也不管别人死活,自己先上了树。后面的游人一看,情知大事不妙,噌噌几下全都上了树。

朋友拼了老命,才爬上一棵矮树,死死地抱住树干,满头大汗,吓得连大气都不敢出。过了半天没见动静,导游在树上小心地观察四周,确认安全后人才下来,众人也跟着下树,继续前进。

经过刚才这一上一下,朋友几乎灵魂出窍,心中叫苦不迭。

可是已到了半路上，想回去也没办法了，他只好胆战心惊地往前走，全身高度戒备，就连后背都长着两只眼睛。

一路上，只要稍有风吹草动，导游就赶紧扔帽子、上树。游人们哪敢大意，也跟着上了十几次树，为了保命，个个都被训练成了身手敏捷的猴子。总算有惊无险，两个小时后，终于走出了恐怖地带，这时朋友已经浑身湿透。

时过境迁，他回忆这段凶险的经历时，脸上完全不见了当时的恐惧，反而露出满足与兴奋之色。显然，他对这次旅途很满意，感觉回味无穷，不虚此行。

我问："既然有那么危险，导游带了必要的防身工具吗，比如麻醉枪之类的？"他摇头："导游跟我们一样，也是赤手空拳。""你是否听说过，当地曾发生过野兽袭击游人事件？"他又摇头，确实没听过。"那你到底见过野兽没有？"还是摇头："除了一头吃草的水牛，什么也没见到。"我终于忍不住，扑哧笑出声来。

他满脸疑惑地看着我，忽然猛地一拍脑门："哎呀！上当了，丛林里哪有什么野兽，根本就是无中生有，那个导游虚张声势，没事拿我们开心。"恍然大悟之后，他又愤愤地说："想不到处处都是旅游陷阱，防不胜防啊，尼泊尔人真不厚道！"

这回轮到我摇头。我说："你得感谢那个导游才对，假如他不拿野兽来吓唬你们，而是老老实实地告诉大家，这里很安全，根本没有危险，你还会觉得旅途精彩吗？"

"对啊，如果是这样，那就太没意思了。"他又重重地拍了一下脑门，终于开窍。

或许，这就是人性吧。人在旅途，假如太过平坦顺利，反而会觉得索然无味，此生虚度。太平坦的路途，要用危机做点缀，才能生动起来。正如流水，有了波折才会激起美丽的浪花。想要精彩的人生，你只能不断挑战自己，跨越障碍，至于结局如何，倒不是最重要的，最起码，你享受了那过程的精彩。

文/姜紫烟

印第安人如何选择下一代

乐观的人在每个危机里看到机会，
悲观的人在每个机会里看见危机。

——丘吉尔

美洲的印第安人，向来以彪悍强壮闻名于世。

印第安人的种族之所以能够剽悍强壮，与流传于印第安人部落中的"土法优生学"有极大的关系。"土法优生学"，也就是他们对下一代的挑选方式。

在印第安人部落中，若是有婴儿出生，这个婴儿的父亲会将孩子背到高山上，选择一条水流湍急、水温冰冷的河流，将婴儿放在特制的摇篮当中，让摇篮带着婴儿随着河水漂去。

这个新生儿的亲友及族人们，则在河流的下游处等候，待放着婴儿的特制摇篮漂到下游时，他们会截住摇篮，看看婴儿是否仍然活着，是否充满生机。

如果摇篮中的婴儿还活着，证明他的生命力顽强，具备成为他们族人的条件，便将之带回部落中妥善养育成人。

如果摇篮中的婴儿禁不起这般的折腾，发生不幸，他们则重新将婴儿及摇篮放回河流当中，任其漂流而去，实质是河葬。

经过如此严苛方式的生死筛选，能够幸存的印第安孩子，当然个个身强体壮，彪悍过人。

印第安人还有所谓的成年礼，也是对生命的一种锤炼。当一个印第安男孩成长到合适的年龄时，族人会为他举行成年礼。在狂欢舞蹈庆贺之后，这个男孩将会被族人亲手绑在森林中的一棵大树上，独自一人度过成年礼的夜晚。

森林中有很多毒蛇猛兽，这位即将成年的男孩，在成年礼的这个夜晚，必须经受恐惧的考验。这样残酷成年礼的锻炼，目的是培养青年男子成为族中公认的真正勇士。

出于对印第安人的关心和保护，美国曾制定过挽救印第安人的法律。该法律规定：印第安人自出生之日起，由政府提供优厚的生活费用，使其终身不愁生计，简直可以说是提供了养尊处优的条件。

从此，印第安人不知不觉地退出了社会竞争的舞台，过起与世无争的安逸生活。本来，这法律是为了给濒于种族灭绝的印第安人创造良好的生存条件，没料到优裕的物质生活，反而使他们的生存能力大大地下降了。

正反两方面的事实说明，完全没有了压力和风险，完全没有了适度的危机，实在是无助于人类自身的成长和壮大。印第安人对后代的教育方式也许有不够完善之处，但其中确实有值得借鉴的地方。

人类的成长和壮大，不仅需要适度的安逸，而且离不开适度的危机。贪图安逸、回避矛盾是滋生危机的温床；无所畏惧、解决矛盾是战胜危机的法宝。只有不断地战胜一个又一个适度的危机，才能避免和化解毁灭性的危机。危机似弹簧，看你强不强，你强它就弱，你弱它就强。换个角度看危机，危机之中出生机，危机也是生机。

危机可以使人垂头丧气，也可以使人奋发进取；危机可以使人产生压力，也可以使人产生动力；危机可以使人陷入困境，也可以使人充满生机；危机可以使人身败名裂，也可以使人顶天立地。无论头上的天空是多么明媚，时刻都应准备迎接风暴的来临。不息的生机，正是在与危机的顽强拼搏中得到弘扬和延续。

文/谷柏臣

用理解来表达需要

在苦苦挣扎中，如果有人向你投以理解的目光，

你会感到一种生命的暖意，

或许仅有短暂的一瞥，就足以使我感奋不已。

——塞林格

杰克和约翰是多年的同事和好朋友，都有看报的习惯。

一次，他们两个人一同去曼哈顿出差。第二天早上，当他们在旅店点完饭菜之后，约翰说："我出去买份报纸，一会儿就回来。"

过了 5 分钟，约翰空着手回来了，嘴里嘟嘟囔囔地发泄着怨气。

"怎么了？"杰克觉得莫名其妙。

约翰答道："我走到马路对面的那个报亭，拿了一份报纸，递给那家伙一张 100 美元的票子，让他给我找钱。他不但不找钱，反而从我腋下抽走了报纸。我正在纳闷，他倒没好气地开始教训我了，说他的生意正忙，绝不能在这个高峰时间给人换零钱。看来，

他是把我当成借买报纸的机会换零钱的人了。"

两个人一边吃饭一边议论这件事情。约翰认为，这里的小贩傲慢无理，不近人情，素质太差，很可能都是些"品质恶劣的家伙"，并劝杰克少同他们打交道。但杰克心里却并不同意约翰的看法。

他们用完饭后，杰克请约翰在旅店门口等一会儿，自己则向马路对面的那个报亭走去。

杰克面带微笑，十分温和地对报亭主人说："先生，对不起，您能不能帮个忙。我是外地人，很想买一份《纽约时报》看看。可是我手头没有零钱，只好用这张100美元的票子。在您正忙的时候，真是给您添麻烦了。"

卖报人一边忙着一边毫不犹豫地把一份报纸递给杰克，说："嗨，拿去吧，方便的时候再给我零钱！"

当约翰看到杰克高兴地拿着"胜利品"凯旋的时候，疑惑不解地问："杰克，你也没有零钱，那个家伙怎么把报纸卖给你了？"

杰克真诚地说："你我之间是无话不说的最好朋友。我的体会是，如果先理解别人，那么自己就容易被别人理解；如果总想让别人先理解自己，那么自己就容易觉得别人不可理解；如果用理解来表达需要，那么自己的需要就容易得到满足。"

文/光哲

才智是个变数

> 君子不自大其事,
>
> 不自尚其功。
>
> ——《礼记》

清朝名臣左宗棠喜欢下棋,而且棋艺高超,很少碰到对手。

有一次他微服出巡,在街上看到一个摆棋阵的老人,其招牌上醒目地写着几个大字:"天下第一棋手。"左宗棠觉得老人实在是过于狂妄,于是立刻上前挑战。没有想到,老人不堪一击,连连败北,原来只不过是徒有虚名而已。

左宗棠得意极了,命老人赶紧把那块招牌砸了,不得再夜郎自大了!

光阴似箭,当左宗棠从新疆平乱回来的时候,看到老人依然如故,还把"天下第一棋手"的招牌悬在那里,心里很不高兴,

BEING OK IS THE KILLER
OF
A BETTER LIFE
摄影/渔火沉钟

决心狠狠地教训教训这个不自量力的老头子。

他又跑去和老人下棋，但是出乎意料，这次自己竟被杀得落花流水，三战三败，难有招架之力。左宗棠不服，第二天又去再战，然而败得更惨。

他既无奈又惊讶地问老人："为什么在这么短的时间内，你的棋艺竟能进步如此地快？"

老人微笑着回答："大人虽是微服出巡，但我已得知你是左公，而且即将出征，所以存心让你赢，让你有信心去建立大功。如今你已胜利归来，我便无所顾忌，也就不必过于谦让了。"

真是山外青山楼外楼，能人后面有能人。左宗棠听后，心服口服，深感惭愧。

此外，还有一个让左宗棠终生难忘的小事。

曾国藩和左宗棠同是清朝的重臣，朝野一般多以"曾左"并称他们两人。曾国藩年长于左宗棠，并且对左宗棠予以提拔，但左宗棠为人颇为自负，从没把曾国藩放在眼里。

有一次，左宗棠很不满意地问其身旁的侍从："为何人都称'曾左'，而不称'左曾'？"

一名侍从直截了当、发自肺腑地回答："曾公眼里常有左公，而左公眼中则无曾公。"

左宗棠听后幡然悔悟。

下下人有上上智。侍从的妙答包含着深刻的道理。一个人的才智，其实是个变数。谦虚使一个人的才智增值，自负使一个人的才智贬值；谦虚使一个人的才智增色，自负使一个人的才智逊色；谦虚使一个人的才智更具魅力，自负使一个人的才智产生斥力。而选择一种冷静谦虚的处世态度，就是在各种变数中，尽可能地做到最好。

文/赵淑春

BEING OK IS THE KILLER
OF
A BETTER LIFE

摄影/渔火沉钟

不将就，才能过上更好的生活

Being OK is the killer of a better life.

chapter3

Three

不依赖：
你不抛弃自己，没人能抛弃你

注重，但不依赖才华；相信，却不期待未来；不为流言所扰，不为世俗所伤，做自己想做的梦，去自己想去的地方，过自己想过的生活。只要你不抛弃自己，就没有人能抛弃你。

改变世界，从改变自己开始

> 心若改变，你的态度跟着改变；态度改变，你的习惯跟着改变；
>
> 习惯改变，你的性格跟着改变；性格改变，你的人生跟着改变。
>
> ——亚伯拉罕·马斯洛

罗伯特·西奥迪尼是美国著名的心理学家，也是亚利桑那州立大学的心理学教授。

有一天，他在纽约结束了全天的工作之后，乘地铁去时代广场站。当时正值下班乘车的高峰期，人流像往常一样沿着台阶蜂拥而下直奔站台。

突然，罗伯特·西奥迪尼看到一个衣衫褴褛的男子躺在台阶中间，闭着眼睛，一动不动。

赶地铁的人们都像没有看到这个男子一样，匆匆从他身边走过，甚至有人从他身上跨过。

看到这一情景，罗伯特·西奥迪尼感到非常震惊。于是，他停了下来，想看看到底发生了什么事情。就在他停下来的时候，耐人寻味的转变出现了，一些人也陆续跟着停了下来。

很快，这个男子身边聚集了一小圈关心的人。人们的同情心一下子蔓延开来，有个男人跑去给他买了食物，有位女士匆匆给他买来了水，还有一个人通知了地铁巡逻员，这个巡逻员又打电话叫来了救护车。

几分钟之后，这个男子苏醒了，一边吃着食物，一边等待着救护车的到来。

大家渐渐了解到，这个衣衫褴褛的男子只会说西班牙语，身无分文，已经饿着肚子在曼哈顿的大街上徘徊流浪了好几天。他是因为饥饿而昏倒在地铁站台台阶上的。

为什么起初人们会对这个衣衫褴褛的男子熟视无睹、漠不关心呢？

罗伯特·西奥迪尼认为，其中的一个重要原因是：在匆匆忙忙的人流中，人们往往会陷入完全自我的状态，在忽视无关信息的同时，也忽视了周围需要帮助的人。这就像一位诗人说的那样，我们"走在嘈杂的大街上，眼睛却看不见，耳朵却听不见"。在社会学上，这种现象被称为"都市恍惚症"。

为什么后来人们对这个衣衫褴褛男子的态度会有了较大的改

变呢?

罗伯特·西奥迪尼认为，其中的一个最重要原因是：因为有一个人的关注，致使情况发生了变化。当时，自己停下来，仅仅是要看一下那个处于困境的男人而已，路人却因此从"都市恍惚"中清醒过来，从而也注意到了这个男子需要帮助。在注意到他的困境后，大家开始用实际行动来帮助他。

因为看到别人的善举，而对自身的心理产生了冲击，进而引发出行善的愿望和行动，心理学上将这种变化称之为"升华"。心理学的研究证明，帮助病人、穷人或者是其他处于困境中的人，最容易引起人们的"升华"。尽管这些助人为乐的善事，不一定都是轰轰烈烈的大事。

从心理学家罗伯特·西奥迪尼的故事，让人联想到英国一位主教的墓志铭：

我年少时，意气风发，踌躇满志，当时曾梦想改变世界。

但当我年事渐长，阅历增多，发现自己无力改变世界。

于是，我缩小了范围，决定先改变我的国家，可这个目标还是太大了。

接着我步入了中年，无奈之余，我将试图改变的对象锁定在最亲密的家人身上。但天不遂人愿，他们个个还是维持原样。

当我垂垂老矣之时，终于顿悟了一个道理：我应该先改变自己，用以身作则的方式影响家人，若我能先当家人的榜样，也许下一步就能改善我的国家；再以后，我甚至可能改造整个世界。

　　不错，自己一个人先改变了，身边的一些人就可能会跟着改变；身边的一些人改变了，很多人就可能会跟着改变；很多人改变了，更多的人就可能会跟着改变……正是在这个意义上可以说，先改变自己，就可能会改变世界。

文/毕可大

BEING OK IS THE KILLER
OF
A BETTER LIFE

摄影/渔火沉钟

把每一个水饺追溯到个人

事将为,

其赏罚之数必先明之。

——《管子》

日本一家株式会社,以生产速冻食品为主,尤其是速冻水饺,几乎占据了行业的半壁江山。然而,很长一段时间,其销售业绩却一直平平,甚至还有逐年下降的趋势。

一天,该会社社长加藤义和来到一间超市。他走到速冻柜台,站到自己的产品前,像一位普通顾客一样询问销售人员:这个品牌的水饺好不好?销售人员不回答,只是委婉地劝说他购买其他品牌的水饺。加藤再三询问原因,销售人员才告知:该品牌的水饺容易开皮进水。

那一刻,加藤义和有了一种深深的震动。他知道,自己的产品完全靠手工包制,无论从外感、味觉还是销售服务,都绝不比那些机械化生产的竞争对手逊色，而就是水饺容易开皮进水的一个小细节，居然成了阻碍会社发展和做大做强的主要原因。

回到车间，加藤义和依旧看到了一番近乎沸腾的生产场景：机器轰鸣，每一个人双手都在不停地忙碌，甚至顾不上擦拭额头渗出的细细的汗水。

"工人的干劲依旧不变，但为何最近的销售业绩一直不佳呢？"加藤义和以此为主题召开了基层管理人员会议。会上，有一个新来的年轻人道出了不同的想法："您有没有注意，最近一段时间，仓库里的产品数量有所提高？"

"这是好事啊！"加藤义和很不解。

"这仅仅是一个假象。"年轻人接着说，"最近一段时间，公司开始实行一套多劳多得的方案，在奖金的诱惑下，每个人都为了追求效率，只注重数量而忽视了品质，所以才导致了仓库里产品的大量堆积和超市里的滞销现象。"

"那么，究竟如何能真正做到杜绝这种现象的发生？"

年轻人建议，扩大流水线，把以前的混合操作改为独立操作，即两个人一条流水线，由以前的好几个人挤在一团改为两个人面对面操作。如此一来，负责装箱的工人就很容易在每一个箱子上标注上操作者的姓名。

"有奖有罚，把责任追究到个人！"加藤义和微微颔首。

改进后，每一条流水线上的水饺再也没有出现过破皮进水的现象。

三个月后，加藤义和再次来到那间超市，看到了自家品牌的水饺柜台前排起了长长的队伍。

这家企业就是日本著名的加卜吉株式会社。15年前，该会社还是一个只有13个人的小作坊。15年后，该会社的产品占据了日本速冻市场30%的市场份额，并逐步发展成为集冷冻、冷藏食品的生产、包装、运输及配送为中心业务的大型全球连锁企业。

很多时候，责任不能由众人分担，必须细化到每一个人。而能够把每一个水饺的责任追溯到个人，这才是加卜吉株式会社的成功之真正所在。

文/方益松

你怎样对别人，别人就会怎样对你

我想成为一个温柔的人，

因为曾被温柔的人那样对待，

深深了解那种被温柔相待的感觉。

——绿川幸

美国一所大学的社会学教授，做了这样一个实验：

他要求学生们在下面的三种情况下，选择其中的一种，捐出自己的钱来进行援助。这三种情况如下：

一是非洲中部遭遇严重旱灾，许多人正面临死亡的严重威胁。

二是大学中一名成绩优异的学生，因为无力负担学费，已处于无法继续学习的困境。

三是购置一部复印机，放在系办公室里供学生们使用。

学生们以不记名方式选择，结果有百分之八十五的学生，选择捐钱买复印机；有百分之十二的学生，选择捐钱资助成绩优异的学生完成学业;只有百分之三的学生,选择捐钱援助非洲的难民。

这个没有任何引导的实验,一方面说明每个学生都程度不同地关心他人的困难,愿意给予帮助;另一方面说明大多数学生更关心的是与自己切身的利益相关的事情。

当然,人是可以改变的。如果引导得当,学生们的选择也会有所变化,也会表现出更多的无私奉献。

无私奉献是高尚的。但是,对更关心自己切身利益的选择,也不能简单地全盘否定,不能认为是一件坏事,而应当充分看到其中的积极因素。明白人性的这个特点,并妥善地加以引导,可以成全许多有益的事情。

铁路局的客运列车长,曾为冬天乘客不肯随手关上门而大伤脑筋,于是在每节车厢里贴了一张告示:

"为了大家的舒适,请随手关门。"

告示贴出后,情况虽有所改变,但收效不是很大。

后来,列车长想出一个新的方法,将告示改写成:

"为了您自己的舒适,请随手关门。"

从此以后,车门基本上都关好了。

希望别人怎样对待自己,自己就要怎样对待别人;自己怎样对待别人,别人也就会怎样对待自己。给人一束玫瑰,会留下一

BEING OK IS THE KILLER
OF
A BETTER LIFE
摄影/渔火沉钟

缕芬芳。帮助别人，就是帮助自己，即使不是直接地帮助自己，也是间接地帮助自己。

文/郭维敏

乖乖排队的鳄鱼

我们必须互助。

我们希望借他人的幸福生存，

而非倚赖他人的不幸。

——查理·卓别林

摄影师在拍摄鳄鱼捕杀斑马的过程中，发现了一个意外而又有趣的现象：鳄鱼群通过围捕，成功猎杀了一匹斑马后，一向以冷血、凶残著称的鳄鱼们并不是一拥而上，为了争抢食物大打出手，而是耐心地、温文尔雅地排起了队伍，按顺序依次进食。

摄影师在进一步的观察过程中发现，由于鳄鱼长着圆柱一样的牙齿，不能咀嚼。所以一只鳄鱼在享用大型猎物时，需要同伴用嘴巴固定住猎物，然后这只鳄鱼咬住猎物在水中快速旋转身体，才能将猎物的肉撕扯下来，解决"吃饭"的问题。没有同伴的帮助，鳄鱼群拿那些摆在自己面前的"大餐"毫无办法，只能饿肚子。

鳄鱼的历史比恐龙还要长久，可以这样说，它们的互助行为，也是这种远古的爬行动物在今天还没有消失的重要因素。

事实上，现存的大部分动物都具有不同方式的相互关照行为。例如工蜂很少繁殖，就将繁殖后代的特权交给蜂王，自己专门从事供养；南美吸血蝙蝠会将自己吸到的血液反吐给其他没有吸到血的同伴；非洲的猕猴，发现入侵者会警告同伴，尽管它的叫声有可能会引起入侵者的注意，使自己面临被伤害的危险；有些鼹鼠会卖力地挖掘复杂的地道以供所有同伴使用……放眼自然界，缺少协作精神的动物群体在当今几乎是不存在的。

由此看来，无私的帮助有助于改善个体在群体或社会中的利益，所以，做出有利于他人的行为更可以说是一种自利行为。而一个愿意为了大家的利益而放弃个体利益的群体，将比一个完全自私自利的群体拥有更多生存的机会。

很多时候，我们习惯了冷漠，即使帮助别人时也不愿全力以赴。如果我们能够联系到自身，对别人的处境感同身受，就不会吝惜在别人需要的时候伸出援助之手！

文/清山

分享是快乐的源泉

能分享他人痛苦的，是人；

能分享他人快乐的，是神。

——歌德

亨利·约翰·海因茨是亨氏公司的董事长，人称"酱菜大王"。亨氏公司的分公司遍及世界各地，产品种类超过了两百多种，年销售额高达六十多亿美元，是超级食品王国，是美国颇有名气的大公司之一。

但一些记者更感兴趣的问题是：为什么亨氏公司的劳资关系被公认为"全美工业的楷模"？为什么其被誉为"员工的乐园"？记者为了寻找答案，就深入公司了解情况，听员工们讲了许多生动而具体的事例。其中一件关于短吻鳄的小事，给他们留下了最为深刻的印象。

有一段时间海因茨的身体不大好，医生建议他到佛罗里达去旅游休息。

员工们得知后对他说："应该好好玩一玩，你太累了，一年到头也难得轻松那么一回。"

出乎大家的意料，他走了没有多久，就提前回来了。

"怎么这么快就回来了？"员工们惊讶地问。

"不与你们在一起，我一个人也没有多大意思。"他对大家说。

员工们很快发现，海因茨指挥一些人，在工厂中央安放了一个大玻璃箱。员工们好奇地走过去看，原来里面有一个大家伙，是只短吻鳄，重达800磅，身长14.5英尺，年龄为150岁。

"怎么样，这个家伙看起来还好玩吧？"海因茨胸有成竹地问。

员工们一致说："好玩。"

有些员工说："从来就没有看到过这么大的短吻鳄。"

还有一些员工说："东西不在大小，而在于一片真心。"

海因茨笑呵呵地说："这个家伙令我兴奋，给我这次佛罗里达之行留下了最难忘的记忆。请大家工作之余一起与我分享快乐吧！"

原来，这只短吻鳄是海因茨从佛罗里达特意为员工们买回来的。

"不要忘了员工""与员工一起分享快乐"，这就是记者们从公司员工口中找到的答案。

　　现在，企业领导出国开会、洽谈的机会越来越多，也常带点小玩意儿回国，但都带了些什么？送给了谁？是否被员工们所喜欢？读一读、想一想上面这个故事，也许不无益处。"上下同欲者，胜。"谁没有好的人缘和分享的能力，好事就会与他绝缘。

文/谷丽

BEING OK IS THE KILLER
OF
A BETTER LIFE
摄影/Dr. Eam

伟大的梭伦

> 只要你自己不倒，别人可以把你按倒在地上，
> 却不能阻止你满面灰尘、遍体伤痕地站起来。
>
> ——毕淑敏

波斯帝国的缔造者居鲁士大帝与吕底亚的国王克洛伊索斯在经过了一年多的苦战之后，终于攻克了吕底亚的都城萨迪斯，活捉了克洛伊索斯。余怒未消的居鲁士把克洛伊索斯绑在城市中心广场的一根柱子上，他想享受一番亲眼看着另一个国王被烧死的快感。

就在柴堆的一角已经被点燃的那一刻，克洛伊索斯突然望着天空连声地狂吼："梭伦！梭伦！伟大的梭伦！"

克洛伊索斯的叫声引起了居鲁士极大的好奇心。他冷笑着问道："你就要死了，还喊什么梭伦啊？"克洛伊索斯说："正是在这

临死的一刹那间，我才真正理解了梭伦的话，才真正明白了梭伦的伟大！"

居鲁士问道："梭伦都说了些什么？"然而，此时的大火已经四处燃起，正逼向克洛伊索斯。居鲁士因为急于想知道梭伦都说了些什么，他立即命令士兵挑散柴堆，扑灭了大火。险些丧命的克洛伊索斯被带到了居鲁士的面前后，非常平静地讲述了一个与自己有关的人生幸福的故事。

有一天，雅典的立法者梭伦漫游天下的时候，曾来到日益强大的吕底亚王国。

国王克洛伊索斯知道梭伦是天下最富有智慧的人，于是，便隆重地款待他，并且非常得意地向他展示自己拥有的巨大财富。然后，克洛伊索斯的眉宇间荡着满足的神气问："梭伦，我知道你作为哲学家的声名，也知道你游历天下见多识广，能告诉我，你所遇见的最幸福的人是谁吗？"

克洛伊索斯以为梭伦一定会回答自己是最幸福的人，然而，梭伦的回答却让他始料不及："雅典的特勒斯是最幸福的人。因为他生活在一个管理得很好的城邦里，膝下有一群既勇敢又善良的儿子，他也看到了健康的孙儿们的诞生，并且在享受了一个人于常理情况下所能有的幸福生活之后，为雅典抵御埃勒西斯而光荣献身。人们为他举行了隆重的葬礼，并心怀感激地纪念他。"

听了梭伦的回答，克洛伊索斯便迫不及待地问道："除了特勒斯之外，还有谁是最幸福的人呢？"他以为这第二位置总该轮到自己了吧。然而，梭伦却回答说："是阿尔哥斯城邦的克列欧比斯和比顿。因为这两个年轻人，曾双双在赛会上获胜。当他们的母亲要乘车到五英里外的赫拉神庙参加节日庆典时，由于拉车的牛未能及时从野外回来，他们就自己拖车。庆典中所有的人都为这两个年轻人的力量喝彩，并纷纷向他们的母亲道贺，她喜不自胜，祈求女神赐予她的儿子人类所能有的最大福分。结果，祈求应验了，在祭祀和宴饮之后，两个小伙子在神庙中沉睡的时候，被女神招进了天国。"

听了梭伦的回答，克洛伊索斯恼火极了，他说："雅典的客人啊！为什么您把我的幸福这样不放到眼里，竟认为还不如一个普通人呢？"

梭伦说："在一个人活着的日子里，其中的每一天都会有与以往不同的事情发生，所以，在一个人死前，你无法断定他这一生是否幸福；而你作为尊贵的国王所认为的幸福，其实并不是真正的幸福，真正的幸福是充满智慧地享受你所拥有的人生财富和荣誉，而你现在所拥有的感觉，那不过只是眼下的一种被权力所装饰的虚荣，是一种对占有欲的一时的满足罢了。"

克洛伊索斯讲到这里，直视着居鲁士说："我不是也曾像你一样是最伟大的国王吗？转眼间却成了任你宰杀的囚徒！现在我才真正明白，我当初的幸福，不过是虚荣心的膨胀，是对财富占有的疯狂。如果不是在这种'幸福'的促使下发动了这场战争，而是听从梭伦的话，我怎么会落得这个下场呢？"

克洛伊索斯的话，也让居鲁士感慨万千，他觉得自己想享受一番亲眼看着一个国王被烧死的快感，不也正是被梭伦所鄙视的幸福吗？

克洛伊索斯的命运，会不会成为自己的前车之鉴？惺惺相惜之情一下子触动了居鲁士的恻隐之心，于是，他放了克洛伊索斯，并与吕底亚结成了最亲密的盟友。两人执手相握，幸福之感禁不住从两人怨恨尽释的心中油然而生。梭伦的智慧，成就了两个国王旷世的情谊。

文/青云

万物有灵且美

生命好在无意义，

才容得下各自赋予意义。

——木心

在茫茫无边的呼伦贝尔雪原上，看到的动物总是比人要多。

有时候是一群低头吃草的马，努力从厚厚的积雪中，寻找着干枯的草茎。它们的身影，从远远的公路上看过去，犹如天地间小小的蚂蚁，黑色的，沉默无声的，又带着一种知天命般的从容不迫。

有时候是一群奶牛，后面跟着它们时刻蹭过来想要吮吸奶汁的牛犊，慢慢地踏雪而行，偶尔会扭头，看一眼路上驶过的陌生的车辆。但大多数时间里，它们都是自我的，不知晓在想些什么，但却懂得它们的思绪，永远都只在这一片草原，再远一些的生活，与生命无关宏旨。

在一小片一小片散落定居的牧民阔大的庭院里，还会看到一些大狗。它们有壮硕的身体、尖利的牙齿，眼睛机警而且忠贞，会在你还未走近的时候，就用穿透整个雪原的浑厚苍凉的声音，告诉房内喝酒的主人，迎接远方来的客人。

有时候它们会跑出庭院，伫立在可以看到人来的大路上，就像一个忧伤的诗人，站在可以看得见风景的窗口，那里是心灵以外的世界，除了自己，无人可以懂得。

在这片冬日人烟稀少没有游客的雪原上，是这些毛发茂盛的大狗，用倔强孤傲的身影，点缀着银白冰冻的世界。不管它们发出狼一样苍茫的嗥叫，还是固执地一言不发，它们的存在本身，便是这片寂静雪原上一个野性古老的符号。

也会看到娇小的狐狸出没，它们优雅地穿越被大雪覆盖的铁轨，犹如蒲松龄笔下的狐女，灵巧地越过断壁残垣，去寻那深夜苦读的书生。它们是银白的雪原上，火红跃动的一颗心脏，生命在奔走间，如雪地上踏下的爪痕，看得到清晰的纹路。无人惊扰的这片雪原，便是它们静谧的家园，不管世界如何沧桑变幻，它们依然是世间最唯美、最痴情的红狐。

远离小镇的嘎查里来的牧民，在汽车无法行驶的雪天里，会骑了骆驼来苏木置办年货。那些骆驼承载着重负，在雪地里慢慢前行的时候，总感觉时日长久，遥遥无期。钟表上的时刻，不过是机械的一个数字，单调而且乏味，只有声声悠远的驼铃，和骆驼脚下吱嘎吱嘎的雪声，以及牧人的歌唱，一点点撞击着这皓月长空。

麻雀在零下三十多度的天气里，依然飞出巢穴，在牧民寂静的庭院里找寻吃食。冬日的雪地上，连硕大的牛粪都被掩盖起来，更不必说还没生长起来的麦子和玉米；但麻雀们却可以寻到夏日里牧民打草归来时落下的草籽，或者晾晒奶干奶皮时抖搂的碎屑，也有奶牛和绵羊们吃剩的残羹冷炙。它们不挑不拣，雀跃在其间，自得其乐。很少会见到有牧民来轰赶它们，所以它们亦不惧人，在雪地上踩下一朵朵小花，和炕上的男人们一样，在酒足饭饱之后，才陆续地飞离庭院，回归高高的鸟巢。

但雪原上最顶天立地的动物，还是与牧民的生活亲密无间的奶牛们。它们在白日里走出居所，在附近洒满阳光的河岸上，顺着牧民砸开的厚厚的冰洞，探下头去，汲取河中温热的冰水。

有时候它们会在小镇的公路上游走，犹如乡间想要离家出走却又徘徊不定的孩子。小路上总是堆满了牛粪，在严寒里上了冻，犹如坚硬的石头。常有苍老的妇人，挎着篮子，弯腰捡拾着这些不属于任何人家的牛粪，拿回家去，取暖烧炕。

而奶牛们并不理睬这些被牧民们捡回去堆成小山的粪便，摇着尾巴，照例穿梭游走在雪原和小镇之间，要等到晚间乳房又饱胀着乳汁的时候，它们才慢慢踱回庭院里去，等待女人们亮起灯来，帮它们减掉身体的担负。

　　一个人行走在苍茫的雪原上的时候，看到这样静默而又自由奔放的生命，心内的孤单，常常会瞬间消泯，似乎灵魂有天地包容纳括着，可以与这些生命一样独立而且放任，饱满而又丰盈，哪怕狂风暴雪，都不必再怕。

　　所有的生命，在天地间不过是沧海一粟，人比之于这些雪原上风寒中傲立的生命，并不会高贵，或者优越丝毫。

文/吉安

假如有奇迹，那也是爱的另一个名字

没有流过血的手指，弹不出世间的绝唱；
没有经过艰辛历练，难以创造人生的奇迹。

——泰戈尔

报载，青岛一位女子，在路边发现一只受伤的白鸽，遂带回家中悉心调养，等到康复如初，女子便准备放生。不想，却是再也放不掉了。白鸽不仅原路寻回家门，而且此后与女子左右相随。甚至女子上班、散步、打车、逛街和办事的时候，白鸽都安静站在其肩头，既不扰乱，也不离弃。这段人与鸽的奇缘被记者拍下，发表于报章，竟是引来喝彩一片，人人皆说此鸽是通了人性呢！

但记者只强调了鸽恋上人的结果，独独忘了报道，这女子在此鸽受伤之时，究竟如何在外人的漠视里温柔地将其捧回家去；又花费了多少气力为其包扎伤口，喂水吃药，安置窝巢；而为博其信任，女子又耗去了多少爱与时间，这些皆被隐去了没有报道。

读者只知道，鸽如此依恋一个人是世间奇事，但奇事之后却不再深究。其实天下所谓的奇事皆有根源，女子的付出如若深探，断不会低于鸽的眷恋。作用力总是等于反作用力，爱的付出与回报大抵也是如此。爱没有奇迹，之所以称奇，只是世人未绕到爱的背后看个究竟罢了。

某一日去买紫砂茶壶，逐一看过去，被造型和材质弄到眼花，竟是不知该选哪个。售壶小姐便笑，其实紫砂壶重要的不是选择，而是如何去养。一盏壶犹如一个人，只要你能够用好茶精心去泡，让其充分吸纳茶的清香和精髓，直至从内到外，都浸润好茶的芬芳，那么，两年之后，即便你日日放一般的茶叶，也能喝到上品茶的味道；反之，如若不善侍弄，则会坏了你其后的品茶之味。

但小姐没有说明，这两年的时间，究竟要付出多少的气力来养这盏壶，方能在以后长长的时光中品到上等茶的甘甜。这每一缕味道，怕是要花费十分的细心来养。一个"养"字，只从构字法上就可知道，这是需要人勇闯三关，方能达其畅通无阻的境界。

而一块玉或一枚银饰，亦是如此。玉佩戴时日长久，会吸纳人的温度，通达经脉，更显其温润澄碧之色；而那精心爱护的人也会得其精华，颐养肌肤。在玉，此处之"养"，常称为"盘"，盘玉即人用手指反复抚摸，如此，一块活玉便会绽放最美丽的光华。

银饰可称最为费时的饰品，每日洗澡，皆要取下放好，而且还需时常清洗以防氧化。但人的汗液却能养它，让其渐次呈现迷人色泽。

玉与银饰和人相比，本是没有生命之物，但若是给其体温悉心调养，竟是通灵似的，用最晶莹的光芒回报人的关爱。

人与自然之物，即是这样奇妙的关系，一分田、一株花、一棵树、一只鸟，甚至一段爱情，大抵都离不开一个"养"字。田的肥沃，花的妖娆，树的茂盛，鸟的精灵，爱情的相依相偎，是回报给"养"的果实。

所谓有因才有果，当报章报道诸种奇事，譬如人死宠物自杀，鸟儿于险境中解救主人，花儿在抚摸之后奇异返生，其实都是在此之前有漫长的养之路，不过就是人们只看到奇异的结果，并未追根溯源，查其根本。

一份爱养得好，自有奇迹，养不好便也只剩了痒，各自丢弃，再不想念。

文/杜风

汉字中的修行

那是汉字书写吗？

或者，是我与自己相处最真实的一种仪式。

许多年来，汉字书写对于我，像一种修行。

——蒋勋

人们对一些汉字的解释和说明，很贴切，很深刻，发人深思。

有位农民对"臭"字是这样解释的：自大一点就是"臭"。

有位词作家对"人"字是这样解释的：一撇一捺写作"人"，这就是说"人"要相互依靠和支撑。

有位企业家对"企"字是这样解释的："企"字拿掉了人，就变成了停止的止。所以，企业必须以人为本。

台湾知名作家蒋勋对"忙"字是这样解释的："忙"是竖"心"加死亡的"亡"，如果太忙，心灵就一定会死亡。

有位医生对"盲"字是这样解释的："盲"字是由"目"和"亡"

组成的，因为眼睛死了，所以就看不见了。

有位伦理学家对"孝"字是这样解释的："孝"是一个会意字，上下结构，上面是一个"老"字头，下面是一个"子"字底。上面的"老"字头是指老人、父母、长辈用饱经沧桑的手掌抚摸着"子"的头，向晚辈托付生命传承的责任，传授做人做事的道理和方法；下面的"子"是指子女、子孙、晚辈，体现了"老"在上、"子"在下和先有"老"、后有"子"的伦理。这可以理解为："子"在下面驮着上面的"老"，寓意着子女、子孙、晚辈承担着尊老、养老、承老的责任和义务。

有成功学家对"赢"字是这样解释的："赢"字由五个字组成，即亡、口、月、贝、凡，包含着赢家必备的五种意识或能力。亡，危机意识；口，沟通能力；月，时间观念；贝，取财有道；凡，平常心态，从最坏处着想，向最好处努力。

英国作家布瑞杰对汉语"危机"两个字是这样解释的："危机"这两个字，一个意味着危险，另一个意味着机会，可见危险与机遇是并存的。

作家于丹对"觉悟"两个字是这样解释的："觉"字的下面有一个"见"；"悟"字的左边一个竖心，右边一个吾，"悟"，其实就是我的心。"觉悟"，用我们今天的话说，就是"看见我的心"。

有位农民对"幸福"两个字是这样解释的："幸福"＝"土"＋"丫"＋"衣"＋"一口田"，也就是有安身立命的一块地，有点钱，有衣穿，有一份事业可以耕耘。

　　已故作家张贤亮对"和谐社会"中的"和谐"两个字是这样解释的："和"的右边是个口，就是说，人人都有饭吃；"谐"的左边是个"言"，就是说，人人都可以说话。

　　有位语文老师对以下三个字是这样解释的：尖——能小能大；斌——能文能武；卡——能上能下。他对学生说，这三个字涵盖了人生的许多智慧。

文/邓力

BEING OK IS THE KILLER
OF
A BETTER LIFE

摄影/渔火沉钟

淡淡如水，所以长久

> 子罕曰："我以不贪为宝，尔以玉为宝，
> 若以与我，皆丧宝也，不若人有其宝。"
>
> ——《左传》

宋朝王谠的《唐语林》中记载了这样一个故事：

有个叫崔枢的人去汴梁赶考，同一南方商人住在一起达半年之久，两人成了非常要好的朋友。

后来，这位商人不幸得了重病，临终前对崔枢说："看来，我的病是治不好了。按我们家乡的风俗，人死了要土葬，希望你能帮我这个忙。"崔枢答应了他的请求。

商人接着又说："我有一颗珍贵的宝珠，价值万贯，得之能蹈火赴水，愿奉送给你。"崔枢怀着好奇的心理接受了宝珠。可事后他仔细一想，觉得不妥，怎么能够接受朋友这么贵重的礼物呢？

商人死后，崔枢在安葬他时，不露声色地把宝珠也一同放进

了棺材，葬入了坟墓。

一年后，商人的妻子从南方千里迢迢来寻找亡夫，并追查宝珠的下落。官府派人逮捕了崔枢，他却坦坦荡荡、毫无惧色，心平气和、胸有成竹地说："如果他的墓还没有被盗的话，宝珠一定还在棺材里。"于是，官府派人挖墓开棺，果然宝珠还在棺材里。

由于崔枢的品质确实出类拔萃，官府千方百计地挽留他做幕僚，但他不肯。第二年，崔枢考中进士，后来出任主考官，一直享有清廉的名声。

不难想象，假如崔枢带走了宝珠，商人的妻子又不知实情，告他"谋财害命"，恐怕他有口也难辩了。官府追查下去，他和商人的友谊就可能另当别论，史书也就不会留下葬宝珠的美谈了。

与崔枢葬宝珠的故事相比，李勉葬黄金的故事也毫不逊色。

天宝年间，有一书生旅途中暂住在宋州。当时李勉年轻贫苦，与这书生同住在一家旅店。然而没到十天，书生急病发作，很快就生命垂危了。书生临终前对李勉说："我家住在洪州，准备到京城去求职，可才到这里就病得不行了，这大概是天命吧！"

随后，他拿出黄金百两，递给李勉，说："我的仆从没人知道我带了这么多金子。先生为我办完身后事，余下的金子就赠送给你了。"等到丧礼之时，李勉把剩下的黄金一同埋进墓中，一点也没留。

几年后，李勉在开封为官，那书生的弟弟沿路寻找书生的下落。到了宋州，得知当时是李勉主办的丧事，就专门到开封府拜访李勉，顺便打听黄金的下落。李勉请了假，到书生的墓地取出黄金，交给了书生的弟弟。

历史是现实的一面镜子。朋友之间物质上的往来，在彼此真诚互助的基础上，当然可以进行，也是人之常情。即使有些很重的礼物，有时也可以接受。但是，这种物质往来必须掌握好一定的度，如果超过了特定条件下的限度，就很可能播下了祸患的种子。

"君子淡如水，岁久情愈真。"这句话，是经得起时间长久考验的至理名言。

文/赵新华

让我们的心回到身边

我努力寻找希望，

生怕幸运就在身边，却被我粗心错过。

——几米

天边曾经很遥远，现在忽然近了，所谓天涯咫尺；曾经很贴近，现在忽然远了，所谓咫尺天涯。

天边发生的事情，诸如哪里又发生战争了，哪里又罢工了，哪里又骚乱了，哪里又发生政变了，哪里又地震了，甚至哪个明星闹出了绯闻，哪个政要出了个丑，哪个幸运儿中了个大奖，只要上了网，转眼之间，我们就能了如指掌。

而身边发生的事情，诸如邻居家昨夜被盗了，同事家的孩子升学了，朋友开车出了点事故，甚至哪天是母亲的生日，亲戚家的孩子叫什么名字，妻子的发型什么时候变换了，我们一概浑然不知。真的吗，这是啥时候发生的事？常常听到身边的人，发出

BEING OK IS THE KILLER
OF
A BETTER LIFE
摄影/渔火沉钟

这样的惊呼。

　　今天，人们的视野越来越开阔了，离得越远的事，人们越关心。一堆男人聊天，一定满口都是世界大事，侃侃而谈，头头是道。谁还在意眼前那些芝麻粒大的小事，婆婆妈妈，又琐碎又恼人又无奈。

天边的人罢工了，交通瘫痪了，人们义愤填膺，群情激愤，忧心如焚，比自己吃了苍蝇还窝心，恨不得插上翅膀，去帮忙开飞机驾轮船踩三轮车。

身边的老人在路边倒地不起，从他身边走过的人，匆匆瞥一眼，就加快脚步赶紧逃离，没有一个人愿意或敢于将跌倒的老人搀扶起来。人们的胸怀仿佛变宽广了，可以装得下整个世界，心胸却越来越自私狭隘了，连伸手扶一把的力气和勇气都失却了。

朋友也似乎越来越多了，却大都是网上的朋友，天边的朋友。人们更愿意与虚拟世界的人，遥不可及的人相识、结交、倾诉、打情骂俏、海阔天空，而不愿意敲开对门人家的门，去楼上楼下串串门、聊聊天、叙叙旧。心里话、真心话、大实话，宁愿跟天边的人说，也不愿意让身边的人知道。

当朋友遍天下的时候，人们却连身边最亲赖的人，都不敢相信了。如今，朋友成了一个使用频率最高，也最廉价的名词，只要轻点鼠标，你就可以将天边任何一个陌生人，变成好友。而要让一个身边交往多年的朋友与你绝交，你只要向他伸手借点钱，就可能会被他立即毫不留情地拉入黑名单。

在我们身边，有很多这样的人，他能够坐在电脑前，与天边的人整夜整夜地闲聊胡侃，却与身边的亲人连半句问候的话都懒得说；他会冲动地乘飞机坐海轮赶赴天边，与网友见面，而不愿意花几十元买张火车票，回老家去探望年迈的父母一眼；他听说天边有人虐待一只小狗，就会心如刀绞、声泪俱下，甚而捐钱捐物以拯救生灵，而楼下地下室的拾荒老人又冻又饿又病，他却无动于衷，还充满鄙视，甚而恨不得将之驱逐出小区而后快。

于是乎，越来越多的人，对天边很熟悉，对身边很陌生；对天边很神往，对身边很厌烦；对天边很关注，对身边很漠视；对天边很热情，对身边很冷漠……

天边很神秘，有一点神往，予一点关注，寄一点梦想，这都没有错。可我们不应该忽视，更不应该忘记我们的身边，身边生活着我们的亲人、邻居、同事和朋友，以及所有与我们有幸擦肩而过的人。当天边离你越来越近的时候，可能身边正离你越来越远，而这，是一件多么无奈而悲哀的事情。

你的天边，也是在他人的身边，而你的身边，正是他人的天边。身边亦有美景，身边围着亲人，身边才是我们各自看得见、摸得着，真真切切、实实在在的生活。

让我们的心先回到身边安顿下来吧，把身边的事做好了，再让心飞到天边，天边才有可能出现曼妙而令人神往的风景。

文/问道

BEING OK IS THE KILLER
OF
A BETTER LIFE
摄影/Dr. Eam

不将就，才能过上更好的生活

Being OK is the killer of a better life.

chapter4

Four
不取悦：
取悦他人，永远比不上取悦自己

活着不是只为了取悦世界，而是用自己的方式过更好的生活，一个人如果没有让自己快乐的能力，又怎么能温暖世界，灿烂生活？

独活

要做这样的女子：面若桃花、心深似海、冷暖自知、
真诚善良、触觉敏锐、情感丰富、坚忍独立、缱绻决绝。
坚持读书、写字、听歌、旅行、上网、摄影，
有时唱歌、跳舞、打扫、烹饪、约会、狂欢。

——张小娴

"独活"这味中药，早早就喜欢上它的名字——该是植物里一
个绝情的女子，穿着黑色的风衣穿过飘着梧桐叶的空旷街道，一
个人孤绝地生活。独活，冰冷的女子，坚硬的内心。她爱过，青
枝绿叶红花灼灼地爱过，但是，此后不再爱了，抱着肩膀，用这
姿态独对西风残阳。

我想到了张爱玲，张爱玲是一个具有独活气质和独活勇气的
女子。当年她与胡兰成分手时说："我想过，我倘使不得不离开你，

也不至寻短见，也不能够再爱别人，我将只是萎谢了。"话尽凄凉。
聪明如她，已经预见自己此后岁月将难再有采茶扑蝶一般的热闹
了，红尘于她，便是一条幽深的暗道吧，那头凉风阵阵灌来，她
孑然一人向萧瑟处走去。

事隔多年，张爱玲来到美国，在文艺营里结识落魄作家赖雅，
一个大她近30岁的老男人，彼此相爱，但我总是疑心这爱里最初
是掺杂了太多奔走异乡时，于仓皇无着间抓住一根精神稻草所折
射出来的落魄与可怜。

这个嫁了男人的女人生活依然艰难。丈夫多病，需要钱治，
于是她只好别夫奔赴于台湾和香港，挣钱养家，给丈夫治病。那
些奔走的长路上，她孤身一人，不知心里可揣着多少难言的辛酸。

我想到中药独活，它性味辛、苦、微温，可以祛风除湿，通
痹止痛。春天二三月，独活发芽长叶时，人们采集其根，回来晾
干切片；另一个采集时间是秋天，叶落果成时挖其根，洗掉泥沙
晾制成药。张爱玲原也是这样的一棵植物，少年时父母离婚，人
生最稚嫩无邪的时光里清淡寡欢；中年以后，为了丈夫为了家，
为了人世间的那一点情爱与暖气，辛苦写作，频频遭遇退稿，饱
受生活的熬煎。

"人生，是在追求一种满足，虽然往往是乐不抵苦的。"单从
张爱玲的这句话里，我们已经掂出了她身苦心苦的分量来。是的，
她身上的根根叶叶是苦的，悠悠长长的苦，缠她一世，这个独活

的女子。

独活，应是人世间极稀有又姿态极艳丽的奇女子吧？世人却以一副晚娘的心肠对她，于是，她们只有选择独自生存。

我于是找独活这种植物的图片来看，叶子疏朗，没心没肺地朝阳光一层一层搭起绿檐来，只是生着一副细细长长的紫色的茎秆，忧郁的紫色，像含着怨气一般。还有一种软毛独活，怕冷似的，周身覆着一层短短细细的柔毛。

它绿叶绿茎，开着白色的花朵，碎碎的一朵朵，像小蜜蜂凑成一群，展开翅膀搭成碗口大的白篷子，撑开在夏秋的风里。这就是独活！

我惊了，这独活太平常太普通。我房子前的香樟树下，我日日散步的马路边，它们长在砖石泥土间，长在河沟边幽暗的草丛里，一株两株，一片两片，各自生长，各自摇曳。它们的身影不艳，不是我一厢情愿想象出来的张爱玲那样的独特，也并没有生在悬崖绝顶。

它近在咫尺，近在寻常烟火边，普通得像那些淹没于碌碌琐事里的平民女子，无惊世的才华，也无足以乱世的容貌。它兴许就是那个住在姐姐家隔壁的女子，丈夫已经不爱她，也没离婚，却住回到娘家，像棵老青菜一样日日在工厂的白班与夜班之间来回炒，无油无水地炒，炒干了，炒黄了，偶尔招来叹息，更多时候被人遗忘。

在灰尘飞扬的下午五点钟时的马路边，偶尔能看见一个清瘦

BEING OK IS THE KILLER
OF
A BETTER LIFE
摄影/Dr. Eam

的女子，穿着蓝色的工厂制服，黄着头发黄着脸，回去赶着到弟媳的锅里掏口饭吃。她多像一棵素淡的软毛独活，在晚风里独自摇曳。

独活其实是那些孤独而坚强地行走在生活边沿处的寻常女子，她们不适合拿来写进戏里，因为虽然太寂寞太辛苦，同时太卑微，人生的故事松散得凑不成一个完美的情节。

不管有没有气质，有没有勇气，总得活下去，这就是独活。

文/千山雪

立眉

　　美丽的女子令人喜欢，坚强的女子令人敬重，
当一个女子既美丽又坚强时，她将无往不胜。

——桐华

　　眉是表情的叶子，一个人，心里的风吹草动，总会在眉上见出涟漪来。

　　自古，与眉走得近的多半是女子。隋唐时，宫女嫔妃们为讨皇帝的宠，纷纷画眉成风。有识时务者推出十眉图，有鸳鸯眉、小山眉、五岳眉、三峰眉、倒晕眉、垂珠眉、缺月眉、分梢眉、涵烟眉和拂云眉。

　　只是，那眉再怎样楚楚动人，也是画出来的，与表情有隔山隔水的远，像塑料的红苹果，是啃不出甜凉的汁水的。如此，我忽然就喜欢起汉语里那"立眉"二字来。有一点怒气，一点勃勃的刚气，是属于盛年的，有底气和动感的美丽。

　　立眉、瞪眼，讲究"唱念做打"的京剧舞台上常出现这表情，有岳飞的《满江红》那样的慷慨之风。倘若女子也做出这样的表情，生活和艺术，就见出掷地有声的铿锵。

　　小时候看《红岩》，念念不忘的一句台词是：上级的姓名，我知道，下级的姓名，我也知道，但这是我们党的秘密，你休想从我口里得到半点消息！这是《红岩》里的江姐面对敌人的严刑逼供，从口里蹦出的钢豆子一样的句子。

　　那时的书上插图少，我寻不见江姐的眉目神情，但我知道，那一定是一个雕塑一样的身影。如今想来，那时面对反动派，她的眉一定是立起来了的，像鲁迅家后院的枣树，刺向奇怪而高的夜空。如此，这立眉，便森森然有了剑气。

　　倘又撇开那样一个血雨腥风的年代来说，立眉这表情，似乎更多是属于北方女子的。高大、剽悍，穿着《秋菊打官司》里的秋菊那样的棉袄，当街站着，胳臂里挟着一个负心不义的男人，将他的脸捶成破碎了的果浆瓶子，然后扯开嗓门，用一箩筐的骂将那个男人砸下山坡去。其间，那眉立起来，像根桑树扁担，能充当武器。

　　上海女子似乎温婉得多，扯不上立眉的。可是，看老上海的电影，细嚼那烟火里的琐琐碎碎，仿佛看见那弄堂里的小妇人和老妇人们，也是一蹙一蹙立了眉的。

　　早上起来，发不整齐，拎着痰盂到公共厕所里倒，然后听见水哗啦啦地响。哗啦啦的水声里，掺夹着小女人们被窝里憋了一夜的愤愤不平话，一句又一句，仿佛玻璃珠子从塑料瓶里倒出来，到处蹦着，都是脆生生地响，哪肯温软？

　　那是当家的男人喝了大半夜酒，到后半夜才摸回来，瘫倒在家门口，叫小娘子们怒火腾腾；或者小孩子哭了半夜，折腾得大人一宿没睡好，但听见窗外的车喇叭响了，还是要起来，赶公交车去上班，生活艰辛得也能叫人愤然；也有打麻将太背，又输了个大窟窿，还赔了瞌睡和电费……

　　生活里总有那样一些小小的不如意，像弄得皱巴巴的黑白照片，不想掖着，对着水龙头，立着眉，全倾倒出来，有一众妇人跟着唏嘘应和着。

　　生活里，女人的眉多数时候是有着婉约之风的，画出来，小桥流水一般，清秀柔媚，取悦于人。我要说的是，若只一味取悦于人，反倒生疏了自己，若不能偶尔使使真性情，那俏模样的人儿也只是一张没有体温的画。立眉，偶尔立起了眉，在我看来，是立场，是原则，是个性，是庸常生活面前不遮不掩袒露出的真性情。

　　立眉，是脂粉洗去后，你看见了女人难得的另一面：一点刚，一点真。

文/许露

寻常时光中的优雅

天地虽小，

但能够容下一个优雅而干净的灵魂，已经足矣。

——慕容素衣

已经过了立秋，早凉晚凉，蝉声稀落。夜晚，颇为闲适地在枕上听院墙根下的虫声，清越、婉转、悠扬。然后，想起记忆中那些优雅的女子。

一次在芜湖，临江的长街，一个卖花的中年女人，多少年不能忘却她。她推着自行车，后座上是一只红色的塑料桶子，很干净，里面满满的花。"香雪兰！香雪兰！"她吆喝着，不像生意人，倒像小院子的主妇在唤别人来欣赏她种的花。那花有筷子粗的秆，秆上附有浓眉形的绿叶，顶端的穗上擎着一朵朵粉蝶一样的花。

那花瓣是疏淡的四瓣，单薄、白，像小家碧玉。放学回来，白裙子在晚风里。有人还价，她不卖。她说，自己下了岗，白天在家里做家务，照顾老人和孩子，只在黄昏才出来卖一次花，赚个家里的伙食开支。那花进来八毛一枝，卖出一块，她每天得卖完两百枝香雪兰才回家。

我打量她，她穿洗得发白的棉布褂子，款式简单；梳齐耳短发，发很贴，不是我们时常想象的下岗女工的沧桑与憔悴。这样的夏日黄昏，有这样清淡的女子在长长的石街上，那样娴静地拨弄着淡雅的花儿，令人难忘。

那一个秋天，坐在开往小镇的班车上，窗外的白桦树上掀动着碎金般的夕阳余晖。一个女孩子穿碎花的裙子，靠在窗边，静静地翻着手中的书。晚风吹动她的刘海儿，留给外人的是一个安静的侧影。周遭的喧嚣于她仿佛皆已化作尘埃，安静地落在低处，只有风翻过书页的声响，仙乐一般，叫人心轻轻颤动。心里不禁暗叹，真是一个优雅的女子，如同浮世里一枝安静的莲。

还有一幅画至今记得。是冬天，窗外积雪，一个满面皱纹的老太太，低头在窗台下剪窗花。整幅的画，晕染着老玉米黄的暖调子，叫人仿佛看见她炉火映红的脸，层层展开的笑颜，以及新年的玻璃窗上象征吉祥的红窗花。那真是一个优雅的老者，以一个朴实无华的姿势诠释着，岁月如此安详。

尘世间匆匆行走，名利场里上下转悠，常常会惊艳于一些"十大女性""四大才女"的光芒。如今，回头看这些寻常生活里清淡却也不失优雅的女子，便觉得，她们也有一种别样的美。她们像秋虫，没有高枝上蝉的高调、张扬和热闹，她们的姿态在低处，恬静，从容，是另类的优雅，隽永，绵长，值得回味。

文/许冬林

BEING OK IS THE KILLER
OF
A BETTER LIFE
摄影/渔火沉钟

爱或不爱，从胃开始

> 我想记忆生活里每一片时光，每一片色彩，
> 每一段声音，每种细微不可察觉的气味。
> 我想把它们——折叠起来，——收存在记忆的角落。
>
> ——蒋勋

电影《柠檬草的味道》里，被男友抛弃后痛不欲生的俊英，有一次和庆民一起游玩，庆民买了柠檬草的冰激凌，俊英马上皱了眉头，因为，那种味道的冰激凌，是她和以前的男友最喜欢吃的。

后来，俊英的前男友重新回头，欲与她破镜重圆，他买了柠檬草的冰激凌，可是，俊英一看就反胃，她甚至受不了他衣服的颜色，简直让人想吐……她才明白，不是她对柠檬草的冰激凌反胃，也不是衣服颜色的问题，而是——她已经不爱他了，她的胃比她自己更坚决地拒绝了他。

爱一个人，总是先从胃开始的。从前，你丁点都碰不得辣的东西，可是你爱的他嗜辣如命，于是你也跟着吃最辣的川菜，哪怕辣得眼泪直流，心里也是幸福的；他喜欢喝不加糖的鲜奶咖啡，你跟着喝了几次，虽然很苦，却浓郁醇香，便也爱上了；你最受不了别人满嘴的大蒜味，可是那么巧，他也爱吃蒜，甚至怂恿你一起吃，你吃了，发现竟然闻不到他口中的蒜味了；你从小到大就不吃饺子，可是，他喜欢啊，有什么办法？你给他包了各种馅的饺子，最后，自己终于也接受了饺子……

只有深爱一个人，你的胃才会跟着接受他。久而久之，你的胃会慢慢适应他的口味，他给你的酸甜苦辣，你的胃都能消化、包容和吸收，甚至不断地反刍，把爱恋的滋味细细回味。

可是，有一天，你忽然发现，比起糖醋鱼，原来你更喜欢红烧的；其实柠檬草冰激凌的香味更浓郁绵长，让你喜欢；你还是喜欢在咖啡里面加一些糖，喝起来不会太苦，或者，你更喜欢喝的是清爽的绿茶，而不是浓烈的咖啡……你很奇怪，怎么一向喜欢清淡的自己，竟能忍受那么浓烈的辣、尖锐的酸？

是的，改变的，不是你的胃和口味，而是你的心。以前，你能够全盘接受他的口味，那是看在爱情的面上。如今，爱没了，你的胃再也消受不起他的口味。

我们的胃，多么像一个爱的报警器，你跟着他，心甘情愿地吃了那么多他喜欢你不喜欢的东西，才蓦然明白，原来自己已经爱这个人深入骨髓；当有一天，面对他喜欢的糖醋鱼、柠檬草冰激凌、红烧牛肉、鲜奶咖啡，你却如鲠在喉，难以下咽。你要明白，那是你的胃在提醒你：眼前这个人，你已经不爱了。

文/卫宣利

BEING OK IS THE KILLER
OF
A BETTER LIFE
摄影/Dr. Eam

于无声处听惊雷

很少说话的人，

说出来的话通常都比较有分量。

———古龙

作家贾平凹说一位高僧传授给他八个字的成功秘诀，那就是：心系一处，守口如瓶。

贾平凹因为不会说普通话，一口浓重的陕西口音，外人很难懂，所以在很多人稠的场合，他基本都只能静静地听，静静地点头、微笑。他曾经为此自卑过、丧气过，但自从听了高僧的点拨之后，他豁然开朗，出门能不讲话则不讲话，甚至会拎一个印有"聋哑学校"字样的提包，他感觉沉默让自己心境平和，非常自在。

他说，流言凭嘴，留言靠笔。他不会去散布流言，但是流言袭来时，他保持沉默，以静制动，无往不利。

鲁迅也曾经说过，于无声处听惊雷。

适时的无声，是一种人生的大智慧。

在那些黄钟毁弃、瓦釜雷鸣的时代，真正的大勇大智、怀禀良知者往往是那些沉默者。在被胁迫的时候，大儒梁漱溟"三军可以夺帅，匹夫不可夺志"，顶住难以承受的压力选择了沉默；历史学家陈寅恪，情愿沉默地埋头考证《再生缘》。

"凡不可言说者，必保持沉默。"这是哲学家维特根斯坦的思想。这里的"凡不可言说者"，当指有悖人心、有悖良知的东西，所以，最好的方法是，选择沉默。

一位禅师在路上遇到一个无赖之徒，那无赖一路对禅师极尽谩骂之能事，禅师一路双目微闭，面带微笑。无赖所骂的每句话如同打在软绵绵的棉花包上，骂到没有力气的时候，他忍不住问禅师："我这么骂你，你还笑？"禅师这才慢悠悠地说："如果有人送你一份礼物，你拒绝收下，那么这个礼物最后是归谁呢？"

"当然还是归送礼的人啊！"

"我拒绝收下你的礼物，你自己好好享用吧！"

真正的反击力量并不来自于目眦欲裂的剑拔弩张，而是来自于内心深处对自身精神的锤炼和对对手内心的反击。正如寒山与拾得二位高僧的对答：

寒山：世间有人谤我、欺我、辱我、笑我、轻我、贱我、恶我、骗我，如何处置乎？

拾得：忍他、让他、避他、由他、耐他、敬他、不要理他，再过几年你且看他。

在爱情上，往往也是冷静沉默的男人胜过喋喋不休的男人。

有两个男人同时喜欢一个女人，恰巧三个人遇上意外，被一起困在一个孤岛上。一个男人对女人发起了爱情攻势，甜言蜜语足以融化人心，而另一个男人默默地为女人寻水找粮，事事关心呵护。最后，女人选择了后者。

有些男人，走到哪里，都能听到他口若悬河一样的夸夸其谈，广东话里叫"口水多过茶"。呱呱聒噪，虚浮轻飘。他不知道，男人的适时沉默是有深度的表现，女人喜欢一个稳重踏实，有着深厚底蕴的男人，一个手势仿佛就能力拔山兮。

《世说新语》说："吉人之辞寡，躁人之辞多。"这种"辞寡"并不代表精神贫乏，而是一种临水而思的静观默察，是来自于内心深处的黄钟大吕，于无声处听惊雷。

文/纳兰泽芸

寻你，然后不见

追求得到之日即其终止之时，
寻觅的过程亦即失去的过程。

——村上春树

读书读到一段旧事。

说的是大书法家王羲之的儿子王徽之，在一个雪夜忽然来了兴致，竟从山阴的家中出发，披蓑泛舟过剡溪，去寻访好友戴安道。待至戴家门口，却转身吩咐回舟而归，不敲门，不会友。有人问这是为什么，答：乘兴而来，兴尽而返，我又何必真去见戴安道呢？

有时想，若戴安道恰巧在那一个美好的雪夜里，燃一支烛，置一副棋，开了门，有心无心地等一个有兴致的友人，那么会是怎样的一幕情景呢？是把酒言欢，吟诗作文，然后抵足而眠？终归只是我庸常的痴想罢了。这寻友但不求一见的一桩逸事，实在是够洒脱豁达的。回去，好一片白茫茫的辽阔山河啊，雪迎雪送，尽兴极了。"有约不来过夜半，闲敲棋子落灯花。"这是等人不至的自在悠闲，在古人伶仃的身影里，不见也总是别有一种境界。

想起自己的一桩旧事。那年冬天，我穿过熙熙攘攘的人群，踏上那座长长的桥，想去寻找心里的那个人，想和他在桥上相遇。我裹着紫色的长丝巾，丝巾的一头遮住了我长长的发和冰冷的大半张脸，另一头在风里高高低低婀娜地飘扬。我想，那个人是知道我偏爱紫色的，他若看见风里的一片紫色的云朵飘过，他该知道那是我，哪怕，只是看见了我的背影。

我一个人走完那座长桥，然后一个人回来。桥上的石柱是寒的，桥下的芦苇敷了层白霜，也是寒的，也记得天上是有阳光的，像糊了层旧报纸的老式的灯。

我望着桥下那一片渺茫的流水，转身回去，来来往往的路人，他们不知道我心里的忧伤，包括我心里的那个人也是。可我还是一个人寂然地回来，不肯寻到他的面前。我想，寻找了就够了，能遇则好，我是不强求一见的。那样的一个冬天，我心里沉沉地装着一个人，然后在人群里寻找，我的内心，我的时光，已经是丰盈的了。

有人说，人生就是不断和自己邂逅，能和自己相识久处交心的人，都是和自己灵魂相近或某些地方相似的人。那么，寻找一个人，其实就是在寻找自己或自己的一部分。红尘是拥挤的，又是寂寞的，目光自千万人的头顶掠过，难能寻着一根值得栖落的寒枝。

　　能有一个人让自己想起，让自己起兴去寻找他，已经足够幸运。能有一个人，让自己隔着岁月经年，在泛黄的纸间寻找他的字迹，在午夜寻找他当年的笑脸，已经足够美好。未见的那一点遗憾，就当是清茶的那一缕苦香。

　　千百年前王徽之的那个雪夜，千百年后的我的红尘，因为有过不在乎一见的一寻，都变得美妙芳醇。寻你，但不见，像寻找秋天的人，脚步已经踏上了洒满阳光的落叶，已经周身是秋的浓香，秋的声息。

　　寻你，纵然不见，我的人生已经大尽兴了。

文/冬晴许子

见喜

人们日常所犯最大的错误，

是对陌生人太客气，而对亲密的人太苛刻，

把这个坏习惯改过来，天下太平。

——亦舒

　　见喜，是一种多么美好单纯的喜乐，一出门，便抬头撞见了挂在人家墙上的浓郁的喜。那喜，比在枝头上雀跃的鸟儿还要欢欣，比风中摇曳的枝叶还要茂密；是你以为永远失去了的初恋情人，带着那么美好甜蜜的笑容，突然出现在你面前时的晕眩；是你在夏日的夜晚，迷迷糊糊地掀起门帘，忽然看到天空上悬着的一弯清瘦的月亮，犹如美人的眼睛，温柔注视着你，让你被暑气蒸腾着的一颗心，瞬间有了一丝的凉意。

　　童年时的记忆里，常常有这个词语：出门见喜。是黑色的毛笔字，龙飞凤舞，或者俊秀温婉，写在大红的底子上，一笔一画都看得到眉飞色舞的喜庆。它们大多贴在门外正对着的矮墙上，或者一株向上伸展的梧桐上，再或一垛高高耸立的柴草上。

有时春节一过，它们就会被淘气的孩子揭下，并与鞭炮碎屑和残雪一样，在一日日消失的年味里，不知所终。但大多数时候，它们会一直悬挂在那里，犹如一道风景，用褪色的底子，昭示着某种微温尚存的气息。这样的气息，一直到红纸发了白，那黑也越发得淡下去了，新的一年来到，又一张新鲜的"出门见喜"覆了上去。

见喜是乡民们在琐碎无边生活里的一小撮葱花，撒在总是平淡无奇的一年四季，调剂着那碗飘着点点油星的温水。在小孩子眼里，那只是代表着糖块，香甜的水果一样的糖块，或者包在手绢里的压岁钱，能换来爆竹铅笔小刀等物件的压岁钱。

而大人们则联想丰富，会想到白日里某家娶了新娘子，可以蹭一顿免费的午餐；小卖铺里的油盐酱醋降价了，兴冲冲跑去将节省下的钱换二两好酒；一场比油还贵的春雨淅淅沥沥下了许多天，脱了鞋子也要在田间地头走上一圈，闻一闻麦田里泥土的香味，觉得这一年真是赚了。

"喜"是一团氤氲的气体，还是糖块一样的固体，再或泉水一样的液体呢？它究竟是有形的，还是隐在有形物体之后的神秘气息呢？人抬头见了这喜，如何就像个天真的孩子一样，只是品到母亲乳房上的一点甜，便心满意足咯咯傻笑起来了呢？

一直觉得，见喜是乡村里才有的事，敞开着的门，容易让人一脚踏出去，便看见那生机勃勃的一汪绿似的喜，悬挂在树梢上。而在城市里，防盗门层层阻隔起来，我们看到的，不再是俏皮轻盈的喜，而是对门醉醺醺的酒鬼，骂骂咧咧地爬上楼来，或许爬错了楼层，将楼上的某个女孩子，当成了自己的妻子，污言秽语乱吐出来。

有时候开了门，也有发传单的搞推销的卖保健品和壮阳药的，全都是一副口吐莲花的模样，让你被他苍蝇般结结实实地黏住，连反身关门都不能够。有时你明明听到楼上的小夫妻在为自己的婚事欢欣雀跃，却连一粒喜糖也吃不到，他们根本在下楼经过你门口的时候，看也不看一眼，更别说分一点喜气给你。

这便是我们生活的戒备森严的城市，那团喜气，不会扩散，也不会浓郁到让大街小巷都沸腾起来。你在安静的房子里，而喜气则孤单行走在人群拥挤的商业街上，犹如一个迷路的孩子，找不到那双喜悦纯净的眼睛，可以停留或者酝酿。

所以我总是想念乡村。在梦里，或者在城市的车水马龙之中。我在行走中见到悲伤，见到自私，见到伤害，见到肮脏，却唯独见不到闪亮的喜气。世界喧嚣一团，喜悦却隐在暗处，任我四处找寻，也看不到它的踪迹。

许久之后的一个盛夏，我走在北京的一条小巷中，无意中抬头，看到一个温婉的招牌，写着两个安静素朴的字：见喜。是一家咖啡馆，提供咖啡、发呆、小睡、思念、涂鸦，也接纳忧伤、怀念、淡忘与疼痛。

我在靠窗的位置上，看窗外散漫走过的时光，它们沿着瘦瘦的巷子，小风一样穿堂而过。我听得到蓝天上鸽哨的声音，那种声音让时间变得安静，甚至有凝固的恍惚。我还闻到一丝甜蜜的馨香，淡远，若有若无的，游丝一样，在空气里弥漫。

是这样柔软的气息，让我一度焦灼的夏日，在这个无人打扰的角落里，猫一样眯眼睡了片刻。我还做了一个小梦，轻柔的，喜悦的，释然的梦。

梦醒后我继续上路，回头看到那家"见喜"咖啡馆，它依然无声无息地站在那里，不招徕，也不告别，喜悦在它的门口，是大红底子上白色的花朵，袅娜着，也质朴着。

那样的一刻，我终于明白，"喜"，它原来真正的居所，是在我们的心中。不管身在乡间，还是城市，只要可以感觉到心的跳动，那么，即便是黄沙弥漫之中，我们也可以见到那团柔软温暖的喜。

文/安宁

属于你自己的那首歌

这个世界上没有不带伤的人，

真正能治愈自己的，只有自己。

——卢思浩

　　在非洲的一个部落里，如果一个女人知道自己怀孕了，她就会找几个朋友一起到旷野里去祈祷和冥想，直到听到胎儿唱歌为止。她们知道每个灵魂都有自己的振动方式，用这种独特的方式来表达它的喜好和目的。她们一起听到那首歌时，就一起大声地唱出来。唱完后，她们一起回到部落里，把那首歌教给部落里所有的人。

　　孩子出生后，部落里的人聚到一起，齐唱那首歌给他（她）听。接下来，孩子上学读书那天，部落里的人会再聚到一起郑重地唱那首歌给他（她）听；孩子成年时，部落里的人又一次聚集起来唱那首歌；到孩子结婚时，部落里的人又来为他（她）唱那首歌；

最后，他（她）的灵魂要离开这个世界了，家人和朋友们一起来到他（她）的床前，齐唱那首歌，让歌声送他（她）到下辈子里去。

当我在讲座中分享上面这个故事时，有很多听众流下了眼泪。我们每个人都有一首歌，我们希望我们爱的人能够知道那首歌，能够支持我们唱它。我在一些座谈会上要求参加者向同伴说他们小时候希望听到父母亲同他们说的一句话，然后听到的同伴小声地附在他们的耳边说出那句话。

这个练习很有效果，很多有意义的见识因此被激发出来。不管我们的自身情况怎样，我们都非常渴望被爱、被赏识和被接受。

我十几岁时，有一个夏天我去特拉华州的威尔明顿去看望我的表妹和她的家人。有一天下午，她带我去公共游泳池，在那里，我见到了一个改变了我的一生的人。西蒙斯先生跟我谈了大约十分钟，给我留下深刻印象的不是他跟我说的话，而是他那种倾听的神情。

他问了有关我的生活、感情和兴趣的情况。与别人不一样的是，西蒙斯先生非常注意我的回答。虽然我有家人、朋友、老师，但是西蒙斯先生是第一个真正对我说的话感兴趣的人，是第一个不以我的身份、地位等外在的东西来评价我的人。

我们那次简短的谈话之后，我就再也没有见过他。可能我这辈子再也见不到他了。我敢肯定，他不知道他对我一生有那么大的影响。也许他是被派到地球上的天使之一，他待在地球上的时间可能只是那一刻，为了给我信心和希望。

在非洲的那个部落里，还有另外一种习俗。如果某人犯了罪或做出了违背社会公德的行为，那个人就要被叫到村子中央，部落里的人把那个人围在中间，然后，那个人要向大家唱他（她）的那首歌。这个部落的人都知道，对犯了错误的人不要惩罚，要用爱帮他（她）回忆和恢复他（她）的纯真本质。当你记起了你自己的那首歌，你就不会有伤害他人的欲望了。

那首歌不仅帮我们明辨是非，还帮我们交朋识友。我们知道，朋友是那个懂得你的那首歌的人，当你自己忘记的时候他会唱给你听。

爱你的人不会因为你犯的错误或你的黑影而忘记你本质上是好的，当你自己感到丑陋时他们还会记得你的美丽，当你心碎时他们还会记得你快乐的样子，当你做了羞愧的事时他们还会记得你天真无邪的时候，当你茫然失措时他们还会记得你的目标。

编译/陶乐乐

旧时光中的辛苦客

时光太瘦，指缝太宽，

不经意的一瞥，已隔经年。

——安意如

丰子恺先生的散文和他的漫画一样，用笔朴素简练，却又生动传神，往往寥寥几笔，即已情趣尽至。近读他的一篇《旧上海》，常常为他笔底下勾出的尴尬世相而忍俊不禁。

最可笑的要算是他写到的旧上海的游戏场。有那么一个冬天的晚上，一个场子里变戏法，观众里三层外三层地围着观看，好不热闹。戏罢散场的时候，一个帅哥惊呼起来。原来他漂亮的花缎面灰鼠皮袍子，后面被人剪去二三尺见方的好大一块，只剩一个空荡荡的屁股头在外面受着寒风，当然，裤子还在，一片笑声送这个倒霉蛋瑟瑟地走出游戏场。花缎和毛皮都是值钱货，这么一大块好料子剪回去，肯定能派上用场。只此，旧上海的偷盗功夫便可见一斑。

旧上海的小富人，在游戏场里玩乐，面临的尴尬当然不止于此。
还有一个就是怕热手巾，所谓手巾，就是现在叫作毛巾的物件儿。
还是转一截丰先生的原文来乐吧！别嫌长。

> 这里面到处有拴着白围裙的人，手里托着一个大盘
> 子，盘子里盛着许多绞紧的热手巾，逢人送一个，硬要
> 他揩，揩过之后，收他一个铜板。有的人拿了这手巾，
> 先擤一下鼻涕，然后揩面孔，揩项颈，揩上身，然后挖
> 开裤带来揩腰部，恨不得连屁股也揩到。他尽量地利用
> 了这一个铜板。那人收回揩过的手巾，丢在一只桶里，
> 用热水一冲，再绞起来，盛在盘子里，再去到处分送，
> 换取铜板。
> 这些热手巾里含有众人的鼻涕、眼污、唾沫和汗水，
> 仿佛复合维生素。我努力避免热手巾，然而不行。因为
> 到处都有，走廊里也有，屋顶花园里也有。不得已时，
> 我就送他一个铜板，快步逃开。

读到此处，终于憋不住，哗地笑出来，仿佛盛足了硬币的小
猪储蓄罐，掷地碎了，一屋子的稀里哗啦滚动跳跃。看客的不堪，
小人物的猥琐，表面繁华里窝藏的污垢，混在一处发酵成另一面

的旧上海。

此前，我从一些旧字里滤出来的旧上海是极其奢华的。看无声电影，也叫默片，看悲剧女王阮玲玉的悲欢离合；就着留声机，听周璇的歌，《夜来香》《何日君再来》《天涯歌女》。

还有风情万种的旗袍，二三十年代，那旗袍还长及脚踝，典雅的盘扣从领子到腋边，再到腰间，到膝盖处，一路婉约而下。到了三四十年代，在时尚的前沿，旗袍已短至膝盖，露出一双玉腿在大世界的门前海报上妖娆。并且女子开始烫卷发，提精致的小手袋，像一张古色古香的画，镶了华贵的西式木框。

用"三星"牌牙膏，抽"美丽"牌香烟，穿长衫的小市民们街巷里来往，目光开始频频扫过路旁的广告招牌。"王开照相馆"生意红火，电影明星和贵妇小姐常常在那里拍生活照和艺术照……

年初，去池州，主人殷勤，将晚宴设在"昭明渔港"。这是一处临江的大酒店，进得正门，便是大厅。那大厅真是一个小小的民间博物馆，里面收藏着各式三十年代前后旧上海上层生活的物什，有老式电话机、老式打字机、老式的留声机……

那留声机，打开来，放上已划有旧纹的老唱片，一段咿咿呀呀的京戏便在大厅里绕开来。那个年代的繁华和寂寞，像暮光里的飞尘，四下里弥散开，然后一层层覆盖，直到心底。

那个年代的高档消费品，经过多少双手抚摩、收藏、辗转，此刻静默在眼前，曾经享用过它们的那些佳人呢？旁边的墙上悬挂着许多画框，都是旧上海的女电影明星，胡蝶、周璇、阮玲玉……一个个红唇玉齿，粉面桃腮，见证着旧上海的乱世繁华。

而繁华背后呢？在灯光、舞台与华美的服饰后面，各自有过怎样的过往？如今，隔着时光的海遥遥地望过去，看见的，也不过是繁华尽头的一个个伶仃的身影。

那个以一出《挂名夫妻》成名的阮玲玉，在电影的"默片时代"，她是受万人追捧的悲剧女王，却夹在张达民和唐季珊两个男人之间，最后丢下一句"人言可畏"的感慨，仓促走完只有二十五岁的精彩又苍凉的一生。叹世道人心，弄人。

怎么都没有想到，有"电影皇后"之称的胡蝶，还有过那样不堪回首的一段经历。抗战时期，上海失守，她和丈夫潘有声在香港生活，相守着自己的太平日子。只是后来，胡蝶回内地寻找丢失的三十箱珠宝时，结识了特务头子戴笠，从此夫妻分离，在戴笠的魔爪下，各自不得相见。她也从此被迫与戴笠同居，过着富贵却是幽禁的日子，直至戴笠乘飞机遇难丧生，她才重获自由。她后来的回忆录中，对此番经历只字不提，想这该是她光艳一生里藏在暗处、疼在暗处的疤吧？提不得，更示不得人。

而周璇并不漫长的一生，也是华衣底下灌着凉风的。有著名影星一代歌后之称，可一生里的三次婚恋，都是善始不能善终。第一个男人是严华，1940年决然离婚。第二个男人是绸布商人朱怀德，同居怀孕，但朱不肯承认她肚里的孩子，自然不肯给她婚姻。第三个男人是唐棣，两人育有一子周伟。可是还没等到结婚，唐被判刑，再释放时，她已经住进了精神病院。其中的纷扰真假，外人是难看清的。多少年后，伊人早已不在，唐也是华发丛生，而问及旧事，唐只说自己是"身似枯木、心如死灰的二世人"……多少事，都已经是说不得了，像沉入江中千百年的木船，捞不起。

这些当年红遍上海滩的红粉佳人，于她们，繁华不过是一场绮丽的春梦，终是敌不过梦醒后现世里的凄风苦雨。

旧上海、旧上海，剪不断的一个情结，多少回，隔着遥远时光的我们，在书里、在屏幕里追寻它当年的奢华与颓废时，何曾真正体味过那些在旧上海幽暗和明媚处讨生活的人？繁华，最后都是别人的。

对于丰先生笔下的那些蝇营狗苟的辛苦小民而言，繁华是属于对面的灯光处或舞台上的人；对于那些舞台上受万人追捧的女明星们，繁华终要落幕，终要转手给后来者。他们和她们，都是旧上海这个大都市的一趟辛苦的客，莫问根在哪里。

文/许冬林

大师的开场白

聪明的人用脑袋讲话，
智慧的人用心讲话。

——马云

大师上课，不仅水平高、功底深、内容丰富、脍炙人口，令人难以忘怀；他们上课的开场白，也各有千秋，见秉性，见风格。有的一开始就把课堂气氛搞活跃了；有的幽默地介绍自己；有的是精心设计的，一张口就不同凡响；有的则是随意而为，好似信口开河，其实意蕴深矣，有心者才能意会。

清华国学四大导师之一的梁启超，上课的第一句话是："兄弟我是没什么学问的。"然后，稍微顿了顿，等大家的议论声小了点，眼睛往天花板上看着，又慢悠悠地补充一句："兄弟我还是有些学问的。"头一句话谦虚得很，后一句话又极自负，他用的是先抑后扬法。

西南联大中文系教授刘文典与梁启超的开场白有同工异曲之妙，他是著名《庄子》研究专家，学问大，脾气也大，他上课的第一句话是："《庄子》，嘿，我是不懂的喽，也没有人懂。"其自负由此可见一斑。

这且不说，他在抗战时期跑防空洞，有一次看见作家沈从文也在跑，很是生气，大声喊道："我跑防空洞，是为《庄子》跑，我死了就没人讲《庄子》了，你跑什么？"轻蔑之情溢于言表。好在沈从文脾气好，不与他一般见识。

不过，平心而论，虽然沈从文的小说写得好，在世界上都有影响，差一点得诺贝尔奖，可他的授课技巧却很一般。他也颇有自知之明，一开头就会说："我的课讲得不精彩，你们要睡觉，我不反对，但请不要打呼噜，以免影响别人。"

这么很谦虚地一说，反倒赢得喝堂彩。他的学生汪曾祺曾评价说，沈先生的课，"毫无系统"，"湘西口音很重，声音又低，有些学生听了一堂课，往往觉得不知道听了一些什么"。听他的课，要会"举一隅而三隅反"才行。

也有人不仅文学成就大，课也讲得精彩，譬如大诗人闻一多。闻一多上课时，先抽上一口烟，然后用顿挫鲜明的语调说："痛饮酒，熟读《离骚》——乃可以为名士。"

他讲唐诗，把晚唐诗和后期印象派的画联系起来讲，别具特色，他的口才又好，引经据典，信手拈来。所以，他讲课时，课堂上每次都人满为患，外校也有不少人来"蹭课"，有的人甚至跑上几十里路来听他上课。

启功先生的开场白也很有意思。他是个幽默风趣的人，平时爱开玩笑，上课也不例外，他的第一句话常常是："本人是满族，过去叫胡人，因此在下所讲，全是胡言。"引起笑声一片。

著名作家、翻译家胡愈之先生，也偶尔到大学客串讲课，开场白就说："我姓胡，虽然写过一些书，但都是胡写；出版过不少书，那是胡出；至于翻译的外国书，更是胡翻。"在看似轻松的玩笑中，介绍了自己的成就和职业，十分巧妙而贴切。

民国奇人辜鸿铭，学贯中西，名扬四海，自称是"生在南洋，学在西洋，婚在东洋，仕在北洋"，被外国人称为"到北京可以不看故宫，不可不看辜鸿铭"。他在辛亥革命后拒剪辫子，拖着一根焦黄的小辫给学生上课，自然是笑声一片，他也习以为常了。

待大家笑得差不多了，他才慢吞吞地说："我头上的小辫子，只要一剪刀就能解决问题，可要割掉你们心里的小辫子，那就难了。"顿时全场肃然，再听他讲课，如行云流水，似天花乱坠，果然有学问，果然名不虚传。

架子最大的开场白，则非章太炎先生莫属。他的学问很大，想听他上课的人太多，无法满足要求，于是干脆上一次大课。他来上课，五六个弟子陪同，有马幼渔、钱玄同、刘半农等，都是一时俊杰，大师级人物。

老头普通话不好，由刘半农任翻译，钱玄同写板书，马幼渔倒茶水，可谓盛况空前。老头也不客气，开口就说："你们来听我上课是你们的幸运，当然也是我的幸运。"幸亏有后一句铺垫，要光听前一句，那可真狂到天上去了，不过，老头的学问也真不是吹的，满腹经纶，学富五车，他有资格说这个话。

听大师上课，如醍醐灌顶，是一种美妙享受；光是那一句非同凡响的开场白，就能让人肃然起敬。

文/陈鲁民

不将就，才能过上更好的生活

Being OK is the killer of a better life.

chapter5

Five

不等待：
我只想牵着她的手去看看这个世界

世间最珍贵的不是"得不到"和"已失去"，而是现在能把握的幸福。岁月匆匆，不要苍老了父母的等待，消磨了爱人的期待。

人生原是一场又一场的欢喜与别离

如果雨之后还是雨，如果忧伤之后仍是忧伤，

请让我从容面对这别离之后的别离，

微笑地继续去寻找一个不可能再出现的你。

——席慕蓉

马修·连恩的《布列瑟侬》是一首伤感的歌。

一直以来，这首歌被认定是一首写狼的歌曲，而《布列瑟侬》也是马修·连恩的专辑《狼》中的一首，与加拿大的一场促进驯鹿繁衍而扑杀狼群的活动有关，音乐流露出离别的野狼那种英雄末路的忧伤。

钢琴、风笛、吉他、萨克斯，舒缓而稍显低沉的旋律，仿佛秋野上徘徊的脚步，晚风吹拂黑色的风衣，一种男性式的富于沧桑感的哀伤。后面的音域有一点点高昂，带一点点力度，是疼痛的，仿佛原野之巅上的呼告。

在《布列瑟侬》里，这几种乐器，它们联合营造出一种凄美、悲凉、丝丝缕缕缠绕着忧伤与深情的情境。钟声之后，首先是钢琴弹奏出清亮而低回的旋律，像宁静的黄昏，细细的小溪水清澈地流着，穿过低矮的灌木与幽深的树林，如同一把剪刀，将忧伤的幕布剪开。后面风笛与萨克斯跟上，将一种忧伤凄迷的情绪缓缓酝酿到浓稠与饱满，宛如暮霭一层层从山那边漫过来，蓝色的河流笼罩在蓝色的忧伤里……

可是，听这首音乐时，不管是宁静的午后还是暮霭初起的黄昏，总能感受到一种关于爱情的惆怅，这应该更是一首倾诉爱情忧伤的音乐。音乐的前奏里别出心裁地响起钟声，是山坡下教堂的钟声，还是离别的钟声？催别！催别！音乐结束处，又是极有创意地响起火车路过然后远去的铁轨上的咔嚓声，亲爱的人儿，随火车远到天边，泪水落下，思念起程。

马修·连恩曾经写给他的友人福利斯一封信，信里他讲述一段关于爱情关于音乐的故事。曾经，他疯狂爱上一个姑娘，他们在一个叫布列瑟侬的小镇里约会。

小镇被一片美丽安详的乡村包围，他们手牵手一道去探索周围的乡村，听山谷里传响的教堂钟声，看白云像羊群一样翻过山头，尽情享受着爱情的甜蜜与相聚的欢欣。自古多情伤离别，分手时分终于到来，他满含泪水送她去附近的火车站，从此又是各自天涯。在去火车站的公共汽车上，他蒙眬入睡，隐约中似乎听到一段美

妙的旋律与歌词——那是从他忧伤的心底传来的。下车后，他来
到一家咖啡店，在一张餐巾纸上写下歌词与旋律——

> 我站在布列瑟侬的星空下，
> 而星星，也在天的另一边照着布列勒。
> 请你温柔地放手，因我必须远走。
> 虽然，火车将带走我的人，但我的心，却不会片刻相离。
> 哦，我的心不会片刻相离。
> 看着身边白云浮掠，日落月升。
> 我将星辰抛在身后，让它们点亮你的天空。

　　一段美丽又忧伤的爱情，终于以音乐的方式，记载、吟唱，
永远怀念……

　　许多时候，我们留不住爱人，留不住那些欢娱的时光，我们
只能与她十指松开，看她踏上一趟火车，踏上与自己从此无关的
一段长长的路程。想着她的前方，浮云白日，关山千里，而自己
再也不是窗外相伴的一路风景，只能成为她的往日，成为一帧底
片。所以，此刻只会这样无奈又执拗地，站在岔道口，看火车远去，
拿目光追随，然后拿心灵追忆。

　　而对于我们大多数人，人生岁月已经走了小半或大半，已经
知晓长路峻险，年少那红杏一样的情怀打开，如今已经懂得慢慢

收拢，此时此地，此情此景，再听《布列瑟侬》，却又是一种人生况味。

是的，在这个秋天，黄叶缀满枝头，当我坐在窗台边听着这首《布列瑟侬》时，看手边的茶水一寸寸浅去，一种时光流逝而去的忧伤在心头墨似的洇开。

"咔嚓咔嚓，咔嚓咔嚓"，火车仿佛经过我的窗前，带着东方地平线上青草的气息，然后远去。

此刻我恍惚站在岁月的梧桐树下，看见我经历过的那些时光似火车一样远去、远去，天涯茫茫不可见了，那上边有我念念不忘的旧事与旧人。

人生，原是这一场又一场的欢喜与别离。

文/许露

那些你不知道的幸福

别人眼里的幸福不会是你自己的幸福，

埋在自己心里不愿说出的害羞的满足，

才是自己真正的幸福。

——维多利亚·希斯洛普

我书房的窗户正对着一幢新建的楼房。楼盖到了第五层，搭得很高的脚手架上，每天都有几十个民工在上面忙碌。在那群民工中间有一个电焊工，是个瘦瘦的女孩子。

每天上午，当我在电脑前写字的时候。会看到她握着焊枪，弯着腰猫在楼的钢筋架上，手里的焊枪火星四溅。她穿着蓝色工作服，戴着黄色安全帽。之所以认定她是女孩儿。是因为她脑后长长的发辫上系着一根红色的丝带。丝带很长，在身后悠悠地飘着，那抹鲜艳的红，在一片灰色的钢筋水泥中，显得格外醒目耀眼。

我常常在写字的间隙，站在阳台上，远远地望着那女孩儿。

我猜想，她家里一定很穷，父母年迈，体弱多病，还有一个弟弟或者妹妹要读大学。虽然她的成绩也很出色，或者她已经收到了某个大学的录取通知书，却悄悄地藏了起来，到城市里来为弟妹挣学费和家用……我把自己的假想告诉朋友，他笑了：也许并不是你想的那样呢！

有一天中午我买菜回来，路过那幢楼。民工们正在吃饭，每人端着一只大海碗，狼吞虎咽。我一眼就看到那个系着红丝带的女孩儿，她端着饭盆，和一个魁梧英俊的男人并肩坐在一起。她从自己的碗里挑出什么往男人的碗里夹，男人推着，又往她的碗里夹。

旁边便有人起哄：二魁，看红丫多体贴你，放着家里好好的日子不过，千里迢迢跟着你一起来打工，你将来可不能亏待她……那个叫二魁的小伙子憨厚地应着。两个人都笑，脸上泛起幸福的红晕。

我羡慕地看着这一对相爱的人儿，第一次，我为自己贫乏的想象力而惭愧。

一天中午，我下班回来，在街口远远地听到悠扬的乐声。循着声音找过去，一个很高很瘦的年轻人在吹萨克斯。他的音乐在空中回响盘旋，一串串的音符，丝丝缕缕地漫过心底，在风中纠缠、飞舞、飘远。

我驻足去看那个男孩子，他穿着磨得很旧的牛仔裤，上身是浅灰色的棉布短袖，头发很长，掩盖了半张脸，旁若无人地微闭着眼睛，嘴角有浅浅的笑意。他面前有一个用细竹藤编成的心形小筐，做工很精致，里面有一些零碎的硬币。旁边围了不少人，有人和着节拍摇摆击掌，有人轻声地哼着曲调。

我前面的两位老太太，低声地议论，一个说："这孩子，这么年轻就出来卖艺，真可怜。"另一个叹息着："看样子是大学生，是想挣点儿学费吧！"然后两个人便挤过去，一人往筐里丢了五块钱。

我知道老人误会了。人们一贯的印象是，到街头卖艺，无论如何都是沦落。但男孩儿绝不是以此为生的街头艺人，也不是贫困大学生，他身上穿的范思哲，要三千多块一套呢。所以，只有一个原因：那是他的兴趣所在。我看见男孩儿的脸上有狡黠的笑意滑过，却并不说破，只是很恭敬地对着两位老人深深一鞠躬。

在网上认识一对年轻的夫妻，妻子因患红斑狼疮，十四年里不停地做化疗、肾脏穿刺、脊椎穿刺、活体检查，从一个温柔秀美的女孩儿，变成一个必须依靠药物生存的病人。而且，因为激素的副作用，造成两侧股骨头坏死，只能依靠轮椅行走。

她在网上有一个博客。记录生活中的快乐、忧伤、痛苦、挣扎。偶尔，她的先生也会露面，是个儒雅英俊的男人，照片上多半是陪她一起做家务时沾着面粉的一双手，或者推她出去看风景时平静温和的笑脸。他是一家外国银行的部门经理，两个人结婚十年。

十年里他默默地陪着她，看病、吃药、检查，病危、恢复，再发作，接受她必须坐轮椅的现实，推着她去旅游，抱着她上上下下，点头哈腰地请求护士给她轻些扎针……

一个健全的男人，十年如一日地照顾一个被病痛反复折磨的人，这是常人无法承受的苦役吧！很多人在她的背后，看到了一个男人的付出、牺牲和坚守的爱情故事。有网友留言，对男人的牺牲表示敬佩和同情。

可是他说：不，那都是爱，不是牺牲，我们很幸福。

是的。不必去费心揣测他们会有怎样的幸福，幸福是上帝的妙手偶得，它在每个人身上幻化出不同的模样，有些幸福，你无法想象。

每一个与我们擦肩而过的人，都是有故事的。他们有他们的理想、信仰、快乐，以及爱情。他们的人生，其实比我们想象中的更加丰满和生动。他们的幸福，或许是你不能理解和体会的。但你不能否认，那种幸福往往更加简单，并且纯粹。

面对丰富真实的生活，我们除了感叹自己贫乏的想象力，便是深深的感动和热爱。

文/千江飞雪

往前走，幸福自然跟着你

刚刚好，看见你幸福的样子，

于是幸福着你的幸福。

——村上春树

　　一对结婚多年的盲人夫妇，很想拍摄一幅婚纱照，但是由于生活拮据，这个愿望一直未能实现。报社记者把夫妇俩的愿望登了出来，希望有好心人伸出援助之手，帮助他们圆梦，这个小小的豆腐块，挤在不起眼的旮旯里。

　　三天后的早晨，我坐在餐桌前，习惯性地拿起报纸，一张大幅彩色婚纱照立时映入眼帘，显耀地占据着头版位置。不用问，正是那对盲人夫妇。两人同时伸出双手，轻轻抚摸相框上的自己，嘴角微微翘起，露出两行洁白整齐的牙齿。一样的动作，一样的表情，夫妇俩开心得像孩子，笑容灿烂，一如窗外明媚的阳光。不需要太多的文字注释，只有一个醒目的标题："触摸幸福！"

看不见，却分明摸得着。闭上眼睛，想象洁白轻盈的婚纱，细细体味从指尖传来的幸福，那会是怎样的欢喜与满足！帮助夫妇俩圆梦的是本市一家摄影工作室，免费为他们拍摄了一套婚纱照。幸福，不只属于这对盲人夫妇，除了那家摄影工作室的老板、摄影师、报社记者，肯定还有许许多多像我这样平常的读者。

用心去触摸，细细体味，幸福像花儿一样绽放。我愿意陶醉在这美妙的画面里，让想象驰骋于幸福中。清晨醒来，一格一格的阳光铺满地板，热腾腾的早餐已在桌上摆好，摊开报纸，每天的头版都被幸福满满占据，看不到硝烟弥漫，没有灾难和恐惧，贫穷与饥饿永远消失；打开网页，满世界都是幸福的笑容，温馨荡漾……多好！

网上有一个热帖：《10年来，我最珍爱的9个爱情细节》。一位草根网友，在她与老公相识10周年的纪念日，用键盘记录下了最难忘的9个瞬间：

第一次，那个轻轻地拥抱。

那晚，蓝色蝴蝶发卡扎疼了我。

你用臂膀圈着我避开人流。

工作一年，你先给我买了一个手机。

你常唠叨：老婆真好！

　　点点滴滴，再平常不过的生活，点击率却居高不下，引来跟帖无数。最多的还是感动与祝福——"我好想哭！""幸福真好！"我愿意收藏幸福，轻轻把它拉进收藏夹，每天打开电脑，看看又有什么新的留言。那天看到这样一条留言，我几乎笑出声来，"请楼主原谅我的抄袭，早上我把它发到了老公的邮箱。"幸福原来也会传染，轻易就被复制了。

　　如此动人的细节，为什么只有9个？应该是天长地久吧！

　　幸福真好！好友写了一本书《幸福就在抬头间》，每次我从书架上找书，往往一抬头，不经意间就看到这本书，仿佛书也在看着我，忽然感动莫名。这满满的一架书，也是我的幸福啊！

　　想起一个温馨的寓言：一个冬日的午后，小猫咪和妈妈在院子里晒太阳。小猫咪好奇地问妈妈："人们说的幸福到底是什么呢？"妈妈说："孩子，幸福就是你的尾巴啊！"小猫咪听了，马上兴高采烈地转动身子，想要捉住自己的尾巴，却怎么也做不到。小猫咪满脸沮丧道："妈妈，我怎么捉不住幸福呢？"妈妈笑了："傻孩子，只要你一直往前走，幸福自然就跟着你了！"

　　幸福从未走开，只是常常被我们忽略了。

文/姜钦峰

微如草芥的幸福

世间最珍贵的不是"得不到"和"已失去"，

而是现在能把握的幸福。

——苏格拉底

街上打烧饼的，是一对父子。一间小屋，一架炉子，外面是父亲，黑，瘦，花白头发，微微佝偻的背，脸上总有和蔼的笑。他负责翻饼、收钱，有时一堆人围着，他会记得先来后到，按顺序给饼，从未出错。

里面是儿子，红润的脸，结实的手臂，白色的T恤和围裙，发型却很时尚，蓬松着，染了彩色，看样子应该是90后。他的面前，一张案板，一堆面，他揉面、拍饼，一个饼成形，不过几秒。每次看见他，都大汗淋漓。

他家的饼与别人的不同，外焦里软，烙得金黄的饼上，星星点点地落着些芝麻粒，咬一口，脆生生的焦，软乎乎的香，慢慢去嚼，那些小小的芝麻粒，让你满口生香。

吃惯了他家的烧饼，每天傍晚都去。有时候人多，一群人都静静地等，看着他们父子紧张有序地忙活。后来有一天，小店忽然挂了"暂停营业"的牌子。我傍晚从店门前过，心里竟有淡淡的失落，猜测着，不做了吗？还是家里出了什么事？

十几天后，忽然发现他们重新开门了，不同的是，老爷子的位置，换成了一位年轻妩媚的女子。这才知道，原来小伙子回家结婚去了。我冲小伙子心领神会地笑，一直担忧的心仿佛落到了实处，安然而快乐。小伙子回我一个羞涩的笑，溢满幸福。

小区里收废品的是一对夫妻。车库旁边的角落里，有一间小小的房，他们收来的废品，都暂时存放在那里。门上斜挂着一个牌子，上面写着女人的名字和手机号——她竟然叫张爱玲。女人当然和作家张爱玲没有关系，她不识字，极俗，嗓门大，自来熟。我们小区的邻居互不认识，她却见谁都打招呼，亲热得像自家亲人。她的衣着很时髦，T恤衫、牛仔裤、运动鞋，都是流行的款式。问她，她不好意思地笑，说，闺女穿剩下的，扔了可惜。

男人不大爱说话，黑红的脸，衣衫破旧，却极细致。收来的乱七八糟的废品，他都耐心地捆扎整齐。有一次我看到他，用收来的包装条编提篮，居然有漂亮的花纹。我忍不住夸赞他，他憨憨一笑，慷慨地把提篮送给我说，买菜用，省得用塑料袋。

有一天我从外面回来，正碰上他们去卖废品。男人骑着三轮车，女人骑自行车与他同行。他们从我身边走过时，我忽然发现女人的左手并没有放在自己的车把上，而是握着男人扶车把的手。

我呆呆地看着他们远去，心怦然而动。这对生活在最底层的夫妻，竟然把牵手这两个字诠释得如此美丽。

夏夜，逛街回来，已然华灯初上。路过邮局，看见一个流浪汉正在门前布置自己的寝具。他打开随身的黑乎乎的包袱，取出凉席和被子，居然还有枕头。

一样一样细致地摆放好后，我以为他要结束一天的奔波，安然地睡个觉了。却没有，他盘起腿坐在"床"上，从包袱里又掏出一样东西，等他摆弄好，我才发现那是一盘木制的象棋，很廉价的那种。路灯昏黄的光打在他的棋盘上，有点暗，但是已经足以让他在楚河汉界上厮杀了。

他在别人的屋檐下，在自己的江湖里，在这样一个微风习习的夏天的夜晚，开始惬意地释放自己的灵魂，做自己的英雄。也许明天，他又要为果腹而奔忙，但是这一刻，他面容安详、目光沉静，像一个运筹帷幄的大师。

世界如此之大，每个人都微如草芥。生活如此匆忙，我们每天都要为生计奔忙，常常力不从心。可是你、我、他，我们每一个人，在这繁杂的生活中，都有属于自己的幸福。与心爱的人结婚、牵手，有独处的时间面对自己的灵魂……即便那幸福微如草芥，或只有芝麻粒那么大，如果细心拾取用心咀嚼，也能尝出香喷喷的滋味。

文/安一萱

布法罗给我的两秒钟

唯有能证实和别人平等的人才和别人平等,

唯有懂得赢取自由的人才配享有自由。

——波德莱尔

麦克女士告诉我们,不要叫这是"布法罗孤儿院",而是称作"布法罗婴幼儿之家"。此次为期一个月的实习,或者说体验,对我来说是一个挑战,因为它关系到麦克女士对我的评价,决定我最终能否顺利毕业。

布法罗婴幼儿之家总共有两千多名儿童,他们都是孤儿,而我的工作便是照顾他们。这项工作其实很简单,孩子们没有什么过分要求,而我作为一个医护专业大学生,应付他们应该绰绰有余。

我迅速进入了状态,放下行李后,便钻进了孩子们的房间,向他们介绍自己,然后,一起看日本动画片,我要和他们打成一片。

麦克女士对我的表现挺满意——这是我从另一个医护人员那里得来的消息。在每周一次的理事会讨论会上，麦克女士作为重要一员，会对每个实习学生做点评，而关于我的评价，全是肯定的句子，其间没有任何的"但是"或者"可惜"，"你真的干得不错，姑娘。"

这让我非常高兴，同时，我也不断告诉自己，要继续发挥自己的专长，把这份实习工作做到最好。

然而，我还是出了问题，更可怕的是，我甚至不知道自己错在哪里，直到麦克女士非常严肃地告诉我，你犯了大忌，这是致命的错误。

事情是这样的，那天，我去一间住着五岁男孩的小卧室收集相片——布法罗婴幼儿之家每年都会收集每个孩子的相片，以便留作纪念和存档，这些相片全部由孩子们自己选择，他们把自己认为最好的一张交上来。

房间里总共有六个男孩，我一张一张地接过相片。我收完之后，角落里那个叫卡宾的男孩，平静地问："老师，那是我的相片吧？"我笑笑，说："是的，卡宾。"可是等我走到门口的时候，他依然追问："老师，那是我的相片吧？"我说："是的，绝对没有错。"——我对他们非常熟悉，就算烧成灰都认识。所以，我并没有在意男孩为什么会这样询问，便离开了。

我不知道男孩最后发生了什么事情，麦克女士拒绝告诉我，她认为让我知道会影响我的工作，而且，她必须保护那个叫卡宾的男孩的隐私。麦克女士只是非常认真地指出了我哪里犯了错误。

"你知道吗？当你接过六个孩子的相片时，每张相片都看了一眼，但你看前面五个孩子的相片时，每张都停留了两秒，只有最后一张卡宾的相片，你只是一扫而过，一秒都没有停留。"

"孩子们是敏感的，尤其是孤儿，他们关注着别人对他们的每一个细节，你不像看其他男孩相片一样看他的相片，他便会觉得这是不一样，是特殊对待，或者说歧视。"

"你知道吗？他们都很期待被人领养，但这么多孩子，不可能全部被领养，如果一个孩子觉得自己不像其他人一样被关注，便会觉得自己被抛弃了。"

"虽然只有短短两秒钟，或者当时有什么事急着走，又或者你根本就是无心之过，但是，这对于一个医护人员，对于一个将来要为更多的人提供医护治疗乃至生命指导的人来说，可能是事关生死存亡的两秒。"

因为这件事，后来，我特别注意平等、关爱等细节，生怕因为自己一个不经意的动作或词语伤害了一个可爱的心灵。

编译/十九恨

当你教孩子鄙视的时候

当它鄙夷一张丑恶的嘴脸时，

却不知那正是自己面具中的一副。

——纪伯伦

回家时，在我前面，手拉手走着一对母子，孩子四五岁的样子，虎头虎脑的很可爱。

小区门口的岗亭上，笔直地站着一位保安。小区物业为了改善小区的形象，做到文明服务，要求值勤保安在业主经过时，必须敬礼。母子从保安身边走过时，保安啪地向他们敬了一个标准的军礼。

年轻的妈妈牵着儿子的手，忽然停了下来，弯下腰对儿子说："叔叔向你敬礼，你是不是应该表示感谢啊？"孩子看看妈妈，又仰头看着保安，也抬起手臂，学着保安的样子，敬了个礼，并用稚嫩的童音对保安说："谢谢叔叔。"

年轻的保安脸竟然红了，连连摆手："小朋友，这是我们应该做的。"妈妈蹲下身，赞许地对孩子说："小朋友就应该这样讲礼貌。"得到妈妈的表扬，孩子一脸灿烂。

这一幕让我非常感动。很钦佩这位年轻的妈妈，通过这样一些细小的举动，不失时机地给孩子以做人的教育，让孩子从小就懂得尊重别人，礼貌待人。

他们沿着小区的道路朝前走去，我也继续跟在他们后面往家里走。孩子一边走，一边还在兴奋地和妈妈讨论这件事。"刚才那个保安叔叔，好帅啊。"孩子说。年轻的妈妈点点头。孩子忽然仰起脸，激动地对妈妈说："长大了我也要当保安，妈妈，你说好吗？"

妈妈停下了脚步，瞪着孩子："没出息！长大了，你要像爷爷一样当领导，或者像爸爸一样，自己做老板。只有没出息的人，才会去做保安。"似乎还觉得不够，年轻妈妈又重重地加了一句："儿子，我跟你讲，长大了你要是不好好念书，就只能像刚才那个保安一样，一辈子没出息地替别人站岗，明白吗？"孩子似懂非懂地点点头。

听着这对母子的对话，我惊愕不已。年轻的妈妈又一次拿活生生的例子，教育了一回自己的孩子。可是，这前后两次的教育，多么截然不同啊！

这让我想起另一次经历。年前的一天，单位组织一帮人，去慰问扶贫结对户。一位同事将儿子也带上了，他的儿子上小学三年级，淘气得不得了，在家里像个小皇帝一样。同事想找个家里有同龄孩子的困难户，一方面帮他们一把，另一方面也给自己的儿子好好上一课，让他认识到自己现在的生活是多么幸福。

慰问了单位结对的困难户后，在村支书的引荐下，我们陪着那位同事，来到了一个困难户家庭。这是一个特别困难的家庭，女主人因重病常年卧床不起，两个孩子一个读初中，一个上小学，全家的重担，全落在了男主人一个人的肩上。男主人没读过几年书，什么手艺也没有，连像别人那样进城打打工都做不到，日子过得很艰难。

在介绍了情况后，同事拿出了事先准备好的红包，让儿子亲手交给困难户家的男主人。男主人推阻再三，最后在我们的劝说下，从孩子的手上接过了那个红包。同事的儿子还掏出了自己的几十元零花钱，送给了困难户家上小学的孩子。两个孩子的手，紧紧地拉在了一起。

回来的路上，我们对同事的做法都大加赞赏，一致认为，这是一堂生动的教育课。同事摸着儿子的头，夸奖他今天的表现非常好。孩子有点害羞地低下了头。没想到，同事又趁热打铁地教育儿子："看到了吧，回去不好好读书，将来你就会和那个叔叔一个下场。"

一车人错愕不已。

也许我的这位同事，与我在小区所遇到的那位母亲一样，急迫地想教给自己的孩子积极的人生观。可是，这一课的背后，是多么让人悲凉和痛心的现实啊！我不能确定，这在孩子心灵中，到底埋下的是怎样一颗种子？

文/唐仔

BEING OK IS THE KILLER
OF
A BETTER LIFE

摄影/渔火沉钟

近在咫尺，却始终无法到达的天涯

从前咫尺天涯，希望而后能天涯咫尺，

但最好的状态还是只要咫尺不要天涯，

就好了。

——唐七公子

人与人之间，有时候近在咫尺，却恍若隔着天涯。那永远无法相通的心，让我们在尘世中艰难跋涉，却始终无法抵达那对方的彼岸。

你曾经在火车上，遇到形形色色的人。他们坐在你的左侧、右侧，或者对面。你可以看得见对方鼻孔里伸出来的不雅鼻毛，脸上粗大的毛孔，嘴里的某颗蛀牙，或者瞬间闪过的忧伤。可是你却不知道，他将去往的城市，究竟是故乡还是异乡；不知道那里有没有一个人，在遥遥期盼着他的到来；不知道他是去奔赴一场爱情的约会，还是某个老友离开人世的送别仪式。

即便是你们有过交流，或许你与他会不约而同地撒谎，将工作失意的自己说成春风得意。你会向他夸夸其谈自己行业的美好前景和工资待遇，每年一次的酣畅旅行。你也会将不爱运动的自己说成一个运动健将，并吹嘘自己篮球比赛投球的非凡记录。而对面的那人，也会不失时机地炫耀自己某一个很铁的哥们，以及自己在单位说一不二的威严，或者爹妈身边朋友的显赫势力。

你们常常吹得天花乱坠，唾液星子喷到对方的脸上，鼻尖几乎擦着对方的额头。可是，等那火车抵达终点，你们出了车站，各自水珠一样融入茫茫人海，即刻将彼此忘记，再不想起。

你在工作上也会和很多的人，每日打着交道。你与他们每日清晨准时在打卡机旁碰面，你对他们说"早上好"，又说今天要抓紧将剩下的活做完。你们在工作闲暇的时候，也会在单位楼下的咖啡店里坐着喝一杯咖啡，甚至像朋友一样聊上一会儿。

可是你却不会对他袒露自己的心胸，你怕他会将之传播给每一个同事，或者上报到领导那里。他亦不会告诉你，他额头的那道伤疤究竟源于哪一次事故。你们在阳光里喝着醇香的咖啡，说着近日的国际新闻或者明星绯闻，但却始终不肯脱掉心上的重重盔甲。

与你牵手的那个人，你们每日在一个饭桌上吃饭，有共同的孩子，或许已经同床共枕多年。可是，你却不知道她在下雨天的时候，喜欢站在阳台上慢慢饮一杯茶，并不是因为窗外雨点打在花丛里的声音真的那么悦耳，而是她在这样的时刻，想起年少时的一段初恋，最初的开始便是在这样安静的雨季。

而她也不懂得，你在吵架的时候突然间一言不发，不是因为你向她妥协或者心生歉疚，而是你对这样鸡毛蒜皮的琐碎生活产生了厌倦，连带觉得与她的争吵真是无聊可笑。

那个你叫作父亲的人，你却可能见他的次数还没有家门口卖水果的小贩的次数多。他住在乡下，你则在省城。你也曾试图将他叫到身边，可是他常常住不到两个星期便硬要回去。你不知道他只是喜欢走在土地上的踏实的感觉，城市里的柏油路面，夏日很烫，冬日又很冷，他在车水马龙里，每一次出门都会迷失方向。

你以为他吵嚷着回家，真的是因为你的妻子冷落了他，或者儿子又被妻子教唆着和他要钱买最新的电动玩具。或许你还会因此在心里生出怨恨，觉得从小到大，他都偏心于弟弟，现在你比弟弟出息了，却还不能获得他更多的爱。

而他或许也会觉得你在妻子的唠叨面前，所保持的沉默是因为惧怕她，就像当初结婚时，他惧怕你有权有势的岳父一样。等到他终于回到了乡下，你们彼此除了每个星期例行公事般的电话，再也不能够敞开胸怀。甚至彼此的话，还要靠一个路过的同乡给捎过去。

　　这样直到有一天，你突然觉得有很多的话要对他说，于是你跪在他的面前，将过去种种的误解哭诉给他。你说了很长很长的时间，你以为他会懂得，可是他在墓碑上的那张脸，却威严着，始终不发一言。你们终于被时光真正地隔在天涯海角。

　　也就是这时，你隔着一个墓碑，看清了人心之间那段近在咫尺，却始终无法跨越的天涯。

文/白雪

不懂爱，就不能理解生活

爱与被爱之间，要如何重叠在一条线？

两个世界的两个人，才不会远远的。

——戴佩妮

前不久，在北京市怀柔区进行了一次关于亲子教育的试验。试验是这样进行的：

在正式开始之前，主持人让所有的孩子和妈妈都戴上了眼罩。然后，让所有的孩子在黑暗中通过触摸每个妈妈的手来找出自己的妈妈。结果，有 5 个孩子没有找到自己的妈妈。当他们把眼罩摘掉后，这些妈妈和孩子都情不自禁地哭了。

后来，经过深入了解得知，就是那些找到自己妈妈的孩子，几乎都是妈妈首先感觉到是自己孩子的手，然后通过暗示帮助他们做到的。严格地说，没有一个孩子能通过触摸找到自己的妈妈。

试验并没有到此为止，而是继续进行。主持人让孩子和妈妈又都戴上了眼罩，然后，让所有的妈妈在黑暗中通过触摸每个孩子的手来找出自己的孩子。结果，所有的妈妈都认出了自己的孩子。

大家不禁要问：为什么孩子都不能顺利找到自己的妈妈，而妈妈却都能顺利找到自己的孩子呢？

亲子教育试验结果公布后，媒体就这个问题展开了讨论，不少人踊跃参与，畅所欲言，各抒己见。

亲子训练营的首席导师指出："这个试验暴露出家庭教育中爱的失衡，孩子只知道接受爱，不知道感觉爱，也不会付出爱，从而患上了无法感受爱的精神残疾，这样的家庭教育是有缺陷的。"

一位参与试验的白领母亲承认："尽管母爱是人世间最神圣的感情，是既纯洁又美丽的感情，是不求索取和报答的爱，但非常遗憾，我们这些人的母爱，就像播种在孩子心田上没有发芽的种子。"

一位农民母亲说："母爱的种子不怕埋没，但怕腐烂。长期被埋没的种子，不仅不能发芽，而且最后势必腐烂。"

一位下了岗的工人母亲十分悲痛地说："孩子小还情有可原，要是大了之后还不懂得爱和尽孝，那就太可怕了。邻居家的一位父亲为了给上大学的孩子交学费，每年都卖血。可孩子却不好好学习，挥霍父亲卖血的钱去交女朋友、谈恋爱。"

一位教育专家说："谁不会爱，谁就不能理解生活。母亲是孩子未来命运的创造者，要让孩子长大以后爱祖国，爱人民，爱人类，就必须让孩子从爱母亲开始，就必须让母爱的种子早日发芽、成长、开花、结果。"

文/李楠

BEING OK IS THE KILLER
OF
A BETTER LIFE
摄影/渔火沉钟

请小声对他们说话

我知道我不是一个完美的小孩，

但你们从来也不是完美的父母。

所以我们必须相互容忍，辛苦且坚强地活下去。

——几米

一天我去小王家，正巧看到了让人五味杂陈的一幕：

小王的母亲正站在水龙头前洗菜，菜盆里的水也快放满了，但那位头发花白、弯腰驼背的母亲却不知道如何关上水龙头。这时站在一旁的小王大声嚷道："看你！教了多少遍了还不会！真是！"

那老母亲一听到儿子的数落，心里一慌，水龙头开得更大了，水溅了她一身。小王连忙跑过去把水龙头关了。

显然，母亲来自偏僻的乡村，乍到城市里还用不惯自来水。儿子的大声叫嚷责备更让她心慌意乱，茫然不知所措。

唉，原本年轻力壮的双亲，用他们的乳汁和血汗哺育我们长大成人，到了年老体衰之时，他们不仅需要我们从物质上赡养，更巴望我们从精神上抚慰。而和他们小声说话，使他们感到和蔼可亲，是最重要也是最简便易行的事。

然而，因为父母年事已高，手脚不便，做事缓慢、笨拙，有时甚至显得碍手碍脚，这时年轻气盛的我们会不由自主地对他们大声说话，尽管不是"兴师问罪"，但却可能在父母心中留下道道"划痕"，不经意间伤害了他们。

一位朋友说起了这么一件事。那时他的女儿刚上一年级，"六一"那天孩子放假，由奶奶照看着，他们夫妇俩上班。那天下午，在小区的树林里，女孩看见一只五彩斑斓的蝴蝶，好不喜欢，拔腿就去追。

奶奶紧跟在后面并大声地喊："宝宝小心，别摔跤！"说时迟，那时快，女孩扑通一声摔倒了，嘴正好磕在石子路上，门牙磕掉了一颗，满嘴是血。奶奶好不惊慌，赶忙叫出租车带孙女到医院进行了必要的治疗处理，又忐忑不安地带孩子回了家。

晚上下班时，朋友见女儿的嘴唇肿得好高，门牙也掉了一颗，既心疼又好气，忍不住大声对母亲说："就半天时间，就出事了！"说罢牵着女儿的手就往家走，头也不回。这时可怜的母亲倚在门边，望着儿孙两辈远去的身影，说不出一句话来，任凭泪水在眼眶里打转。

未料想仅过数日，朋友的母亲便不幸患心梗过世。朋友捶胸顿足，号啕大哭。那是他生平第一次，也是唯一的一次没好好对母亲说话。可后悔有什么用呢？永远也没有机会向母亲忏悔，请求母亲的谅解和宽恕。女儿磕掉了一颗牙齿可以长出来，可母亲走了，却永远不可能再回来，这是他心中永远的痛。

《论语》记载子夏问孝，子曰："色难。"也就是说："子女侍奉父母能经常和颜悦色是最难的。"孔子答子游问孝，提出敬亲问题，认为敬亲很难。子女对父母的脸色表情不容易做好，也就是说"色难"。

《礼记·祭义》中说："孝子之有深爱者，必有和气；有和气者必有愉色；有愉色者，必有婉容。"对父母真有深沉的爱，才有和气，才有愉色，才有婉容。婉容就是和颜悦色，这是尊亲的标识。

想想小时父母是如何把我们当成宝贝的，含着怕化了，捧着怕摔了。而当父母满头白发、举步维艰、垂垂老矣之时，他们多么渴望子女能帮他们一把，走完人生最后一段路。作为子女，应该把父母当作宝，好好侍奉，尽为人之孝道；而笑容可掬，小声说话，是最基本，也是最容易忽视的啊！

文/崔鹤同

妈妈什么都不缺

面对命运，妈妈可以输的，已经通通输光；

面对命运，妈妈可以赢的，都赢了回来。

她把赢到的都给了我，把输了的留给自己。

——麦家碧

一个儿子给乡下的老母亲打电话。

电话通了，儿子对着话筒说："妈，你最近还好吧？"

"好，好。妈好着呢，你放心吧。"

"妈，天冷了，你的老寒腿有没有发作？要不要我给你买件保暖的衣服，比如一件羽绒服，又轻巧又保暖。"

"妈妈的腿没事，我穿着棉裤呢，不冷。你的工资也不多，留着自己花吧，给自己买件那个羽毛服吧，别舍不得花钱。一个人在外地，要学会照顾好自己啊。"

"妈，你放心吧，我都多大了。前段时间工作太忙，没回去看望你，要不这个月末，我抽个空回家看看你。"

"我知道你忙，别记挂着我，我很好。没空就别回来了，路这么远，来回折腾，多累啊，星期天，你自己多休息休息，把身体养好了，妈就放心了。"

"妈，那我就不和你多说了啊，有空的时候，我再给你打电话吧。"

"没空就不要打电话回来了，安心工作，如果有事，妈会给你打电话的。"

"妈，那再见了啊。"

"再见，儿子，自己在外面多保重啊。"

电话挂了。儿子放下电话，长吁了一口气，妈妈一切都好，儿子放心了。儿子不知道的是，电话那头，老母亲还握着话筒，茫然地听着电话机里嘟嘟的忙音，迟迟舍不得放下。这是儿子几个月来，打回来的唯一的电话。儿子终于想起来打个电话回家了，老母亲的眼眶里，盈满了混浊的泪水。

这是我们的生活中，经常见到的一幕，这个"儿子"，可能是你，可能是我，也可能是她。

我的老母亲，也一个人孤单地生活在老家，平常只能通过电话联系。每次打电话回家，从母亲那儿得到的信息都是，她身体很好，生活很好，一切都很好。如果我问她需要什么，那得到的回答一定是，她什么都有，什么都不需要，总之一句话，她很好，让我放心。

有一次，我出差到桂林，朋友向我推荐了当地产的一种喷剂，说是对老人特别好。我立即打电话给母亲，问她要不要？电话里，母亲听说一瓶要一百多元，立即态度很坚决，不要。

我告诉她，据说这种喷剂对老年人防止气喘效果特别好。母亲还是断然拒绝。等我挂断电话，站在一旁的朋友，诧异地看着我说，你怎么能问老人家要不要呢？老人舍不得你花钱，当然会说不需要。买东西是你孝顺母亲，不需要去问她，如果问她，一定会被拒绝。

朋友的话如醍醐灌顶。想一想，情形还真是这样，每次，无论我问母亲需要什么，或者我说要买什么东西送给她，都会被她拒绝，拒绝的理由永远一样，妈什么都不缺，妈不需要。

真的不需要吗？

考虑到老母亲年纪大了，有时候一个人出门，不放心，想给她买个手机带在身边，这样，走到哪都可以联络上。老母亲却死活不同意，说自己一个老太婆，要那东西干什么？再说了，也不会用。虽然母亲不想要，但我还是坚持为她买了一部手机。

将手机送给母亲的时候，还被她唠唠叨叨怪罪了半天。可是，后来听妹妹说，老母亲将那部手机，宝贝一样整天带在身上，还经常拿出来跟老伙伴们"炫耀"一番，这是我儿子送给我的。听了妹妹的话，我的鼻子酸酸的。

母亲很少用手机打电话，嫌话费贵，但手机还是起了大作用。

有一次，老母亲一个人走迷路了，就是用手机打电话给我，我再赶紧让老家的朋友赶过去，找到了老母亲。

不是老人不需要，而是我们的父母为了减轻我们的负担，放不下我们，舍不得我们，才一次次拒绝我们的孝心。

如果你问父母，生活费够用吗？回答一定是，够，花不完呢。而他们很可能为了省下几元车钱，徒步从集镇走回家。

如果你问父母，身体好吗，要不要到医院去做个体检？回答一定是，好，好得很呢。而他们很可能因为腰酸背痛，深更半夜斜倚在床头呻吟。

如果你问父母，要不要回去探望他们，回答一定是，你们工作忙，路上又不方便，就不用回来了，我们都很好。而他们很可能经常顶着寒风，站在村头的桥前，眺望远方……

这就是我们的父母。为了让我们安心地工作，好好地生活，他们宁愿遗忘自己，也让我们遗忘。他们将对子女的爱和思念，都深埋在心底。

因此，不要问老父亲，也不要问老母亲，他们有什么需要。如果天冷了，你想给妈妈买一件保暖的衣服，那就赶紧买了送回家；如果你想念他们了，那么立即买张车票吧，连夜回家。

不要问，不要等。也许你会因此被年迈的父母嗔怪，但我告诉你，那声嗔怪里，有无限的满足，也有无限的爱念。

文/凌云

生如春花，死如秋叶

用心甘情愿的态度，过随遇而安的生活。

生如夏花之绚烂，死如秋叶之静美。

——泰戈尔

看那部电影《桃姐》，提前备了纸巾，等着泪如泉涌，可是，直到片尾曲响起，眼睛还是干干的。没有眼泪，只有无尽的悲凉。

当桃姐在老人院逼仄的小房间中窸窸窣窣地收拾衣物时，当桃姐艰难地拄着拐杖在肮脏的洗手间外徘徊不前时，某个瞬间，我看到了更多衰老的和即将衰老的背影在桃姐身上叠加，一层又一层，满是负累和沉重。

扮演桃姐的叶德娴说，她在桃姐身上找到了自己。

这话，乍一听有点匪夷所思。一个是衣食无忧的女演员，一个是寄人篱下的老女佣，她们怎么会有交集？在柴静的访谈《看见》中，我看到春华不再的叶德娴一个人在空旷的房间中，寂寞地同一只猫咪说话，间或定定地翻开儿子幼年时的相册，轻轻感喟："一生人只一个，血脉跳得那样近，而相处如同陌生，阔别却又觉得亲……"那一刻，你会无比清晰地感知到，银幕上下的这两个相距千里的女人，分明有着同样的灵魂——孤独、寂寥和无傍无依。

而这样的灵魂，在我们身边俯拾皆是。

楼下过道里曾寄居着一个阿姨，无儿无女无积蓄，60 岁的时候老伴去世，经人撮合嫁给了另外一个老头。谁都知道，阿姨的再嫁是为了重新找一个依靠，新老伴无疑是有这个能力的——离休干部，儿女俱在外地。而朴素勤劳的阿姨，无疑是老头遇到的一个再合适不过的保姆。

阿姨也的确恪尽职守，10 年中，不顾体弱年高，尽心竭力地操持家务，伺候老头。后来老头瘫了，将近 70 岁的阿姨，一个人竟然可以将他从轮椅上抱上抱下。老头无疑是感动的，多次表示要对阿姨负责到底。怎奈世事无常，最终老头还是先走了。久不出现的儿女们从天而降，极利索地办理了父亲的丧事，然后，房门落锁，将 70 岁的阿姨赶出了家门。

无处可去的阿姨，只能在楼下的过道里简单地用布帘围出一方小天地，艰难度日。因为自知给楼上的居民添了麻烦，她很少出现在众人的视野中，除了偶尔晴朗的天日。

那时候她总会穿着黑黢黢的外套寂然坐在角落里，面无表情，木雕泥塑一般。白花花的头发和伛偻的后背上，写着硕大的两个字：

绝望。

面对这可怜的暮年，众人皆感慨唏嘘却又无可奈何。令人欣慰的是，小区物业公司做了一件人道主义的好事，经过多方斡旋，最终将阿姨送进一家老人院。

我们去老人院看阿姨。她的房间狭窄，响晴的春日里，阿姨坐在一室的阴冷中，但满脸都是满足的笑意："这里很好了，很好了，吃得饱，睡得暖，实在是托了大伙儿的福气。"

看着阿姨颤巍巍的笑，心头的悲凉再次席卷而来。只不过，如今的悲凉不再关乎老无所依的凄清，而是瞬间体味到生之寂寥，让人无法不悚然震惊。

老去，实在是人生中最最残酷的事情。不只是芳华凋零、青春不再，更是面对偌大的世界，你忽然成了赤手空拳的俯首就擒者。老人的无助和幼儿极其相似？可他们的境遇却有天壤之别。幼儿因为承载着众多殷切的爱和希望而备受呵护，老人承受的更多却是行将就木的绝望。

没有未来，只有近在咫尺的终点，活着的唯一瑰丽，不过是回忆中那些灿烂的过往。更可怕的还有疾病、孤独……正如所有人都喜欢新生儿的笑脸，几乎所有人看到老去的亲人，心头多少都只余怅然。而这又是谁都无法逃脱的现实。

媒体上有组数据：北京老年人口比率已近15%，上海20年后老年人口预计超过 500 万。中国目前正处于前所未有的"在低收入阶段进入老龄化"的阶段。

社会进入老龄化，银发晚年的生命状态几乎成为每个家庭都必然面临的问题。

就如同所有幼儿都喜欢妈妈的怀抱，这世上怕也没有哪个老人不渴望子女承欢膝下的圆满。然而，现实的拘囿同样不容忽视：两代人之间频发的纠葛和矛盾、生活习惯的不兼容和个性差异，终究造成了孝心和"围城"的冲突，以及亲情对爱情的围剿。

人类的规律，向来是自上而下地垂爱毫无保留，由下而上地尽孝则浅尝辄止。所以，羔羊跪乳、乌鸦反哺，更多时候不过是庙堂之上的说辞。将年老的幸福筑建在孩子身上，这本身就有着缘木求鱼的危险。

《中国城乡老年人口状况追踪调查》报告记录了这样一个真实状况：中国有近半老人处于独居状态，其中 3000 万需长期护理而不得。

除了子女的不恭之外，那些年老的生命亦有着让人不堪承受的重负：工作退了，奋斗停了，老胳膊老腿的世界里，除了儿女，再也找不到别的着眼点。所以，难免有一哄而上的热情，难免有铺天盖地的痴缠。可儿女们正当盛年，有事业要忙，有房子要挣，有爱情要经营，有儿女要教育……面对观念不同、状态不佳的父母，他们难免不胜其累。

不胜其累后，大多数人的选择是逃离。

独居，或者入老人院，便成为衰老的最终窠臼。

于是，我们轻易便可看到，更多的桃姐和叶德娴。

从人性的角度来说，孤独对于老人，是天生的痼疾，无药可医。

其实仔细想想，无论哪个阶段，人都不可能逃离孤独的如影随形。无论是"为赋新词强说愁"的少年，还是羁旅异乡的中年，孤独的宿命都像追逐花香的蜂蝶那样追逐着每一个人的灵魂。年轻时，我们用充实的忙碌来对抗与抵挡，当垂垂老矣，双手空空时，何以对峙？世上有这样一些老人，用自己的行动，给出了答案。

毕加索 85 岁那年激情飞扬，一年之内就创作了 165 幅画作；巴甫洛夫 80 岁时提出了大脑皮质反射学说；陆游 85 岁时写出的《示儿》流传千古……

"廉颇老矣，尚能饭否？"是太多暮年英雄的自问。对于庸常大众来说，这种诘问或许过于高蹈。但老而有为，哪怕只是强弩之末的挣扎，却亦有着以一当十、虽败犹荣的豪情。

动物界有一个传说，所有的大象都会在辞世之前的 15 天内，去往一个神秘的地方，那就是大象的公共墓地。哪怕它从没有到过那个地方，但当最后 15 天来临的时候，它还是会很准确地找到自己的归宿。

人类没有这 15 天的幸运与从容，但纵然不知归期为何期，却亦不妨碍我们从内心深处真正接受那份坦然——坦然的孤寂、坦然的宿命和坦然的清冷。就如桃姐执拗地选择在老人院终老，又如叶德娴所坚持的满目寂寥的一个人的生活。这两个来自不同世界的女人，用自己的行动向世人证明，老而无力是无奈，但只要保住尊严，踽踽独行的寂寥中，亦可有仰望星空的骄傲与从容。

生如春花之烂漫，死如秋叶之静美，乃人生两大极致。而在生与死的旅程末梢，我想所有人都更愿意看到所有的凋零不悲戚、不绝望，哪怕遗世独立、满目洪荒。正因为认清了灵魂的本质，所以，不卑微、不乞怜，亦不苛求，只向隅微笑，看一朵朵落花化为春泥，温暖根下那小小的一方热土。

文/琴台

我希望在一个静谧的晚上悄然离世

如果我们不再压抑死亡，

我们的孤独感也许会减轻很多。

——梁文道

几年前，我的一位导师、整形外科医生查理发现自己的肚子里有一个肿瘤，后来诊断出是胰腺癌。他的主治医生是该专业最高明的医生之一，该医生甚至有一种针对胰腺癌的独创疗法，能让该病的"五年生存率"提高两倍——从5%升到15%，虽然，手术后的生命质量不高。

查理对主治医生的所有治疗方法都不感兴趣，他关心的是怎样多花时间跟家人在一起。他不接受任何化疗、放射性治疗或外科手术，也没花多少医疗护理费。几个月后，他在家中安然去世。

医生当然也会去世，跟其他人不一样的是，他们临死前接受的治疗很少，他们宁愿安静地离世。

医生平常会为病人采取种种措施，轮到自己的时候却一种都不用，为什么呢？

假定有一个人失去知觉，被送进急救室，医生问处于震惊、害怕和崩溃边缘的患者家属："要用一切手段抢救吗？"他们肯定会说："对。"然而，家属的意思往往是"尽一切合情理的手段"，但他们可能不知道什么是合情理的，所以，不管合不合情理，医生说"用一切手段"，家属肯定会同意。

人们也对医生有不现实的期望。很多人认为心肺复苏术是可靠的救命方法，但结果往往不尽如人意。尽管只有少数健康的人接受心肺复苏术之后有良好效果，医护人员还是会对进急救室的人施行心肺复苏术。但是，对于得了绝症的人而言，心肺复苏术实际上没有什么作用，病人却要承受极大的痛苦。

有时候，即使医生不想进行无效治疗，但为了满足病人和患者家属的愿望，他还得违心地去做。假设一个急救室外站了好多悲伤的甚至是歇斯底里的病人家属，在那种环境里，建立信任是微妙的，如果一个医生建议不要进一步治疗，患者家属可能会认为医生是为了省时间、省钱或者不尽力，而不是为了减轻病人的痛苦。

即使做了恰当的准备，医疗体制仍会吞噬人。我曾经的一个病人杰克70多岁了，病了好多年，动过15次大手术。他跟我说，无论在什么情况下，他都不想用生命维持机。一个周六，杰克突发严重的中风，在昏迷中被送进急救室。

医生们用尽办法让他苏醒，并连上了生命维持机——这是杰克最不希望的。我到达急救室后，跟其他医护人员和杰克的妻子交换了意见，让他们知道杰克的愿望。然后，我关掉了生命维持机，坐在杰克的身边，两小时后，他去世了。

尽管写下了遗嘱，杰克仍然没能按照他的意愿死去，他受到了体制的干涉。我后来还发现，有个护士向医院反映我关掉连接杰克的生命维持机的举动，涉嫌谋杀。还好没有什么大事，因为杰克的遗嘱已经说得很清楚，还有法律文书证明，但警方调查的举动也确实让人担心——当时我不禁想，当初我不如让那生命维持机开着，违背杰克的愿望，延长他的痛苦，这样我甚至还可以赚更多的钱。

现在，止痛的手段比以前任何时候都有效。给绝症病人提供舒服和有尊严的临终关怀服务，会让他们在最后的日子里过得更舒心。

几年前，我的堂兄托奇得了肺癌，发现时癌细胞已经扩散到脑部。如果接受侵入式治疗，每周去医院做三到五次化疗，如此他可能再活四个月。但托奇决定不接受化疗，只服用防止大脑肿胀的药，并搬来跟我同住。接下来的八个月里，我们度过了从未有过的快乐日子。我们一起去迪斯尼乐园，那是他第一次去。托奇是个体育迷，他每天看体育频道，品评我的厨艺。他痛得并不厉害，所以精神一直很好。有一天，他没有醒过来，昏迷了三天后，他去世了。

　　如果有"临终关怀的艺术"这种说法，那么这种艺术就是让人有尊严地死去。对于我来说，医生要尊重我的选择，不想逞什么英雄，我希望在一个静谧的晚上悄然离世。

编译/孟庭芳

BEING OK IS THE KILLER
OF
A BETTER LIFE

摄影/渔火沉钟

不将就，才能过上更好的生活

Being OK is the killer of a better life.

chapter6

Six
不抱怨：
认清生活的不完美后，仍然热
爱生活

不将就不等于抱怨这个世界。人生的真谛把抱怨变成善意的沟通和积极的行动，在认清生活的不完美后，仍然热爱生活。

用最大的善意面对世界

以德报怨，
用最单纯的心面对世界上所有不设防的恶意。

——大漠荒草

巴勒斯坦约旦河西岸的杰宁，是个充满战乱和炮火的地方。一些极端组织扎根于此，这里是恐怖的温床，而且是自杀性爆炸人肉炸弹的来源地，自杀袭击者几乎一半来源于此地，被称为"自杀袭击者"的摇篮。

2005年的一天，巴勒斯坦小男孩哈提卜持枪上街。他没有料到的是，就在刚刚过去的几分钟前，这个地方发生了骚乱，有人向以色列士兵的吉普车投掷石块。

吉普车向前行驶，以色列士兵正好看见了持枪的哈提卜。

一阵激烈的枪响，哈提卜倒在血泊中。事后，以色列士兵才发现，哈提卜手中所持的，不过是一只仿真度很高的 M - 16 玩具枪。

哈提卜旋即被送往兰巴姆医疗中心。不幸的是，两天后哈提卜在医院不治身亡。哈提卜的父亲悲痛欲绝。

出人意料，哈提卜的父亲贾玛尔，这位坚毅的阿拉伯男子，忍住丧子的悲痛，做出了让所有人都震惊的决定。他决定捐献哈提卜的器官，而且捐赠的对象是以色列人。

于是，六名以色列人接受了手术，移植了哈提卜的心脏、肾脏、肝脏和两个肺。

贾玛尔唯一的要求是，他希望能与接受儿子器官的人们见面，看看他们是否健康。"最重要的是，我想见见他们，这让我觉得儿子依然还活着。"

六名以色列人，因哈提卜的器官而健康地活了下来。

当时的以色列总理沙龙深受感动。他邀请哈提卜的父亲到他的办公室，接受一位总理的私人道歉。

小男孩和他父亲的故事，感动着千千万万的人。

德国电影人费特尔被这个故事深深打动，他将这个故事改编成电影，搬上了银幕，名字叫《杰宁之心》。在德国和欧洲各地放映。电影院里无数观众同样被深深打动，流下热泪。这部电影也因此在欧洲获奖无数。

不过，在费特尔的心里，一直有个遗憾。他非常希望这部电影，在巴勒斯坦约旦河西岸的杰宁，也就是巴勒斯坦小男孩被枪杀的地方播出。他想告诉那个地方的孩子们：生活不仅仅是流血和冲突，不仅仅是站在坦克前阻拦和扔石块……仇恨与隔阂可以消弭，但需要彼此的悲悯和宽恕。

遗憾的是，杰宁地区已没有一家电影院，早在1987年，杰宁唯一的一座电影院就已经关闭了。于是，费特尔做出了一个决定，克服一切困难，重建杰宁电影院。为着这一目标，费特尔用尽了一切努力，而且他的举动也得到了巴解组织和民众的支持。

时隔二十年后，杰宁电影院建成并对观众开放。电影院里播放的第一部电影就是——《杰宁之心》。人们静静地看着，静静的影院里一片唏嘘之声。影片结束时，观众久久不肯离去，他们全体起立，用掌声表达对这位巴勒斯坦父亲的由衷敬意和感激。

这座影院，如今意义非凡，它被看作是"和平的纪念馆"和"哈提卜的纪念碑"。

走进这家电影院，人们自然会想起：巴勒斯坦小男孩哈提卜因误杀而亡，但他的家人却把生的希望带给了更多的以色列人。

文/查一路

爱与宽容，才是医治创伤的药方

一个伟大的人有两颗心，

一颗心流血，一颗心宽容。

——纪伯伦

2007 年 4 月 16 日，是美国弗吉尼亚理工大学建校 135 年以来最不幸、最痛苦、最黑暗的一天。因为，那天该大学发生了一起震惊世界的枪击案。

7 点 15 分，凶手因怀疑自己的女友与他人约会而发生了争吵。在一名同学主动帮助调解时，失去理智的凶手拔出手枪，将他们俩射杀。

9 点半左右，凶手又闯入诺里斯教学楼一间正在上德语课的教室，开枪打死了讲课的教授，接着又丧心病狂地打出了 50 多发血腥的子弹。

如果没有年届七旬的以色列籍客座教授列维·利布雷斯库舍

身堵枪眼的壮举，伤亡将会更加惨重。学生卡尔霍恩亲眼看见了舍己救人的感人时刻，他回忆说："我们在教室里上课时，突然听到教室外面响起了枪声。当我越过窗户回望教授的一刹那，发现他用身体拼命堵住了教室的门。他为全班学生成功逃生赢得了宝贵的时间，唯独自己倒在了血泊之中。"

这次枪击案共造成 32 人死亡，20 多人受伤。随后凶手对准自己的头部，饮弹自尽。

这是美国历史上最严重的一起校园枪击案，令全美和世界人民都感到震惊和悲伤。

美国警方很快公布，枪击案的凶手是一名韩裔学生，叫赵承熙。

在弗吉尼亚理工大学举行的悼念遇难者仪式上，出现了一个令成千上万人意想不到的情景，就是将凶手赵承熙和 32 名遇难者一起被列为悼念的对象。在悼念仪式上放飞的气球是 33 个，敲响的丧钟是 33 声。33 块半圆的石灰岩悼念碑，被安放在校园中心广场的草坪上。其中的一块上写着："2007 年 4 月 16 日，赵承熙。"他的碑旁边也放着鲜花和蜡烛，还有一些人留下的纸条：

"希望你知道，我并没有太生你的气，不憎恨你。你没有得到任何帮助和安慰，对此我感到非常心痛。所有的爱都包含在这里。——劳拉"

"赵，你大大低估了我们的力量、勇气与关爱。你伤了我们的心，但并未伤了我们的灵魂。我们变得比从前更坚强、更骄傲。我从未因身为弗吉尼亚理工大学的学生而感到如此骄傲。爱，是永远流传的。——艾琳"

华人学生江伟恩曾经一度被误传为是"涉案枪手"，在真相大白后参加悼念时，不仅没有纠缠于媒体的误报，而且呼吁关心事件中的死难者和他们的家属，并将自己的一笔捐款转交给慈善机构。

一定有很多人会问：为什么将枪击案凶手赵承熙和 32 名遇难者一起列为悼念的对象呢？

下面的这些从不同角度阐述的观点，也许有助于我们找到这个问题的答案。

专门给新移民上英语课的社区教师桑迪对记者说，凶手 8 岁随父母从韩国移民到美国，由于文化冲突，未能融入美国社会，最终抑郁成疾。这起惨案提醒我们，应该更多地关心新移民的心理健康。

美国研究生克里斯说："他也是我们学校的学生，一共有 33 名学生死亡。我们应该公平地为所有死亡的人表示哀悼。"

弗吉尼亚理工大学中国留学生联谊会主席薛宏在接受记者采访时说，在美国人看来，凶手孤僻，性格扭曲，却没有得到关怀和治疗，社区是有责任的，同时凶手的家属也是受害者。他有心理疾病，没有及时得到社会、家庭的关心和救治，所以才导致悲剧的发生。在悼念活动中，校方也把他当作一个"人"来看待，以体现人性的关怀。

旅美作家林达分析说，这次枪击事件的制造者，很早就被发现有极端的暴力幻想，学校和老师却没有引起足够重视，没有相应的治疗和措施。社会应该从医学研究的特殊角度，去了解病患者的感受，以最大可能保护他们的安全，满足他们的特殊要求。同时，也注重有效预测他们的行为，尽量减少他们与社会的病态冲突。

在枪击案后的第5天，赵承熙的姐姐赵善敬主动出面道歉，人们才了解到凶手父母准备自杀的想法。一位网民在赵善敬道歉信的回帖中说："这不是你或你家人的错误。你们也失去了心爱的人。"

弗吉尼亚理工大学一位社会心理学教授的话，也许最深刻地说出了将凶手赵承熙和32名遇难者一起被列为悼念的对象的根本原因："在有仇恨的地方，我们要播种仁爱；在有伤害的地方，我们要播种宽恕；在有猜疑的地方，我们要播种信任；在有绝望的地方，我们要播种希望；在有黑暗的地方，我们要播种光明；在有悲伤的地方，我们要播种欢乐……因为尽管法制对社会和谐具有不可忽视、不可替代的作用，但只有爱与宽容，才是彻底医治创伤的最好药方。"

文/赵志新

生命的清单

> 每个圣人都有不可告人的过去，
> 每个罪人都有洁白无瑕的未来。
>
> ——王尔德

　　埃尔·拉法兰是法国的一名大富翁，他性格温和，乐善好施，是有名的慈善家。

　　没想到，正当他人生处于鼎盛时期，却突然得了一种重病，许多医院的医生都表示无能为力。在生命进入到最后的时间里，他让妻子坐在病床前，记下他埋藏在心里的一个个秘密。他说，这是他"生命的清单"。

　　1. 上小学的时候，他曾陷害过一个名叫约翰的同学。他向老师打小报告，说约翰偷了邻居一只鸡，卖了5法郎，用这些钱买了零食和玩具。老师表扬了他，说他有正义感，而约翰受尽了老师的嘲弄和同学的挖苦。无奈之下，约翰转到乡下读书去了。后来，听说约翰高中没毕业，就当了一名煤矿工人，一生过得很潦倒。

埃尔流着泪对妻子说，其实，那只鸡是他偷的，这个秘密埋藏在他心里，一直不敢对人说，是他毁了约翰的一生。

2. 上中学时，他喜欢上了一个名叫简的女孩子。他向简求爱，简没有答应，他便对简怀恨在心。后来，简喜欢上了另一个男孩，看着俩人牵手的甜蜜样子，他妒火中烧。于是，他偷偷地写了一封信，放在男孩子的抽屉里。信上说，简人品很差，性伴侣很多……很快，那男孩子和简分手了。受此打击，简精神一下子崩溃了。后来听说，简一生没有嫁人，整天唠叨着那男孩子的名字，眼睛里流露着无尽的忧伤和悲哀。

埃尔重重地叹了一口气，说道，这个秘密他一直不敢对人说，是他毁了简的一生。

3. 他有个生意伙伴，名叫卡达。卡达对他一直关怀有加。在他资金最困难的时候，卡达还借给他十万美元，帮他走出了困境。但是，看到卡达生意做得顺风顺水，越做越大，他非常嫉妒。为了击败卡达，他设计陷害了卡达。看到卡达生意每况愈下，最后破了产，他心里简直比吃了蜜还甜。

埃尔悲伤地说，这个秘密他一直不敢说，是他毁了卡达的一生。

4. 为了寻找刺激，他多次在外偷偷地和别人发生过关系，并致使一个名叫珍妮的女孩子怀孕。珍妮流产后，最后导致终身不孕。

5. 为了偷税漏税，逃避税收检查，他贿赂了一名税务工作人员。目的达到后，他偷偷地写了一封匿名信，检举了这名税务人员，致使这名税务人员丢了饭碗，关进了大牢。

……

埃尔列举出几十条埋藏在他心底的秘密。当他说完最后一条后，有一种如释重负的感觉。他说："如果不说出这些埋藏在我心里的秘密，到了上帝那里，也不会轻松的。现在，我要对我一生所做出的种种罪恶，表示深深的忏悔。"

妻子拿着丈夫这份"生命的清单"，完全惊呆了。没想到，与自己同床共枕的丈夫，被人誉为慈善家的他，竟是一个如此龌龊的人，他的心里竟隐藏着这么多见不得阳光的东西！

这份"生命的清单"被刊登在法国《费加罗报》上。文章刊登后，立刻在读者中引起了强烈的反响。许多读者给报社写信、打电话，述说自己生命中隐藏着的一些像埃尔做过的事情，他们感到自己很可耻、很卑鄙。

《费加罗报》在评论中一针见血地指出：每一个衣冠楚楚的人的内心里，都住着一个埃尔·拉法兰，它是人的自私、虚伪、狭隘的体现。在我们短暂的一生中，时时在扮演着埃尔·拉法兰的角色，它让我们活得沉重、活得贪婪、活得悲怆。

每个人都有卑鄙的一面，这是人性的悲哀。尼采说："人是一根绳索，架于超人和禽兽之间。"人性本就复杂奇怪，有时候，我们连对自己真诚都做不到。所以，无须苛责别人。我们要做的就是尽量克制自己的人性，尊重别人的人性，不要因为一时的嫉妒而失去克制，才可以避免做出让自己后悔的蠢事。

文/韩冬

BEING OK IS THE KILLER
OF
A BETTER LIFE

摄影/渔火沉钟

猝死的鸟儿

人性混沌，分不清善恶，

但它并不坚定，易受诱惑，

会变成什么样子，要看外力。

——愤怒的香蕉

马尔科泰尔公园是鸟类的天堂，但是，不知从什么时候开始，里面的鸟儿开始死亡，一只接一只，毫无征兆。

它们没有受到什么威胁，也没发现任何毒药，警察调查了一个星期，始终没有找到原因。或许只是猝死，但不断地死亡，让公园管理处非常担心。

一个小男孩的出现让事件有了转机。

那是一个阳光明媚的午后，电视台再次报道，一只美丽的卡波鸟突然猝死，然后，男孩拨打了热线电话，诉说自己对卡波的思念之情——在过去的一年里，他经常去公园，而且，每次都要找到卡波，抚摸半天才回家。

鸟儿是不害怕生人的，甚至还会主动飞到人们身边，所有公园的鸟儿都一样。问题就出现在这里，专家得出结论，大批游客喜欢抓着鸟儿玩耍，表达自己对鸟儿的关爱，而就是这种亲密的行为会逐渐导致鸟儿萎靡直至死亡。

人们恍然大悟，但故事却并未结束。

马尔科泰尔公园迅速制定了史上最严厉的规则：凡是私下碰触公园的鸟类，将被处以严厉罚款，一万法郎。这个数字让所有游客不敢轻举妄动。

果然，随着时间的推移，公园的鸟类又恢复了生机，游客也不再轻易接触身边的鸟儿，哪怕它们主动跳到自己的肩膀上。电视台对此还进行了专题报道，猝死已经成为鸟儿的历史。

一年之后，公园做出了一个非常人性化的决定：游客的素质越来越高，这一点毋庸置疑。既然游客已经养成了不随便捉碰鸟儿的习惯，那么，何不废除那条过于严厉的罚款规定？毕竟，这是著名的马尔科泰尔公园，这里的一切都应该是自由的，顺应自然的。

但是，谁也没想到，当那条规定被废除，当罚款标语被撤掉，当导游不再反复强调不能随便碰触鸟儿这件事之后，那些游客，竟然比以往更加频繁地去抓鸟儿，放在手里合影留念，享受那种有趣的过程。而鸟儿，再次大批地死亡。

　　这到底是为什么？公园管理处无法理解，为什么良好的习惯已经形成，还会被破坏，甚至变得比制定规则前更严重。

　　这已经不再是一个道德或者法律层面的问题，严格来说，这是一种心理问题。其实，很多人并不想去摸那些鸟儿，但当这些人得知不再罚款，便很想去试一下，因为试一次，就价值一万法郎，试一次，自己就赚了这么多，所以，为什么不多试一下！

　　直到那条规定再次被执行，并在许多地方增添了摄像头，马尔科泰尔公园才算慢慢恢复平静。从此以后，这条惩罚措施再也没有更改过。

　　无论是生活还是工作中，在做任何决定前，我们都必须思考每个决定背后的意义，尤其它与人性息息相关的时候。

编译/粗糙王子

斗牛士之死

> 严厉生畏，粗暴生恨，即使公事上的谴责，
>
> 也应当庄重，而不应当侮辱嘲弄。
>
> ——培根

听说，在斗牛场，如果你不知道卡西罗是谁，便会被扔进一群愤怒的公牛堆里。

卡西罗是西班牙最有名的斗牛士，传闻，他是伟大的斗牛士马诺莱特的徒弟，继承了师父的勇敢和睿智，在斗牛场还从未有过败绩。同时，卡西罗还是一个非常有经济头脑的人，他召集了西班牙比较有名的斗牛士，组建了一个无敌斗牛士联盟，他觉得斗牛士不仅仅是一种传统上的娱乐，更是一种演出，注定拥有庞大观众的演出。

因为卡西罗的名声，无敌斗牛士联盟很快得以成立壮大，大凡各地有名的斗牛士，都被召集了起来，然而，危险也随之降临。

倒不是因为那些疯狂的公牛，再锐利的角也刺不到卡西罗的身体，再刁钻的甩腿也逃不过卡西罗的眼睛。问题出在斗牛士自己身上。那些意气风发的斗牛士在加入联盟之后，每次表演都会受到卡西罗的关注。

卡西罗当然希望自己的联盟更加完美壮大，每一位斗牛士都能做到最好。但是，并不是每一个斗牛士都是卡西罗，更不是每一个斗牛士都能成功斗过那些疯狂的公牛。

人与人之间是有差距的，但卡西罗却会对每一位表现得不那么出色的斗牛士狠狠批评一顿，甚至大声辱骂其缺乏斗牛士应有的勇气和精神，即便对方只是出现了一个小小的失误。

确实，那些失败的、失误的斗牛士的确不如卡西罗，而且，他们甚至承认自己不可能超越卡西罗，但他们想在联盟这个舞台演绎自己，仅此而已。

卡西罗是追求完美的，他总是以马诺莱特血溅斗牛场的惨烈来告诫所有斗牛士：做不到最好，站不到更高，还不如直接被公牛撞死好了，他还总是辱骂那些失败者是懦夫。

也有人劝卡西罗：何必呢？无敌联盟已经赢得广大观众，卡西罗的声誉也已覆盖整个欧洲，不要对自己要求太高。

但卡西罗始终不这么认为，他有远大的志向，有宏伟的报复，他要求每一个斗牛士要超越自己，那样子才算一个真正的斗牛士。

谁也没料到，悲剧正是因为卡西罗的远大的理想。

　　在一场盛大的斗牛表演中，卡西罗被一头并不太凶猛的公牛活生生撞死了，尖锐的牛角刺穿了他的喉咙。但联盟成员没有一个感到悲伤，甚至连他的尸体也懒得收，似乎觉得这种结果是一种美好。

　　后来有人传闻，从无敌联盟内部透露出来的消息，其实卡西罗是被联盟成员害死的，有人给他下了药，所以才会在斗牛场失利。而且，下毒的人还不止一个人，而是联盟成员合伙一起做的手脚，他们都觉得卡西罗该死，而该死的理由，则是因为卡西罗把自己的理想绑架在身边的人身上。

　　在这个世界里，一只老虎想占山为王，但一只野兔或许只是想守住洞口的那几个萝卜，每个人的能力有大小，目标有大小，有能者如果不能体谅别人的那些小愿望、小苦衷，则势必会在实现自己理想的道路上受到阻碍，甚至遭遇灾难。

　　无须苛责那些从背后使手段的小人物，如果要让自己真正伟大，许多时候，我们必须去体会那些微不足道的不容易。

编译/贺田露

29分钱

> 穷人宣讲道德会比富人少得多，
>
> 而穷人的懿德嘉行，则比富人更鲜明。
>
> ——狄更斯

那是一天傍晚，德兰姆姆独自一人行色匆匆地走在加尔各答贫民区脏乱的街道上。

在加尔各答的贫民区，几乎所有人都认识德兰姆姆。因为，专门救助穷人的仁爱传教修女会就是她创建的，更何况她赢得了全世界人民的爱戴，获得了1979年诺贝尔和平奖。其实不只是穷人崇拜她，世界各国许多最有钱的富人，也都心甘情愿地给她创建的仁爱传教修女会捐钱。

突然，一个骨瘦嶙峋、蓬头垢面的乞丐不好意思地拦住了德兰姆姆，然后吞吞吐吐地说："修女，每个人都很敬重您的事业，都愿意为您做出奉献。我虽然没有能力，但也想奉献给您29分钱，以略表我的心意。整整一天,我只讨到这 29 分钱。如果您不嫌弃,就请您都收下!"

客观地说,尽管德兰姆姆的全部个人财产,只有一张耶稣受难像、一双凉鞋和三件旧衣服,但仁爱传教修女会却有 4 亿多美金的资产。这 29 分钱对于修女会的资产来说,确实是微乎其微了。

德兰姆姆感到进退两难:"如果我收下这 29 分钱,他今晚就一定会饿肚子。如果我不收,又一定会伤他的心。"

于是,德兰姆姆把随身携带的还没来得及吃的晚饭,即一块面包和一瓶水送给了他,同时伸出双手,恭恭敬敬地收下了这 29 分钱。

当德兰姆姆收下 29 分钱时,惊喜地看到,拘谨的乞丐竟然笑了,而且笑得那么开心,那么满足,那么灿烂。

这个穷苦的乞丐,在炽热的太阳底下,在 40 来度的高温下,乞讨了整整一天,才讨到 29 分钱,却全数奉献出来。29 分钱虽然微不足道,但其中饱含着无价的爱心。

后来,德兰姆姆在演讲中说:"穷人没有钱,没有地位,但并不缺少互相帮助和体谅的爱心。这正是穷人的伟大之所在。只要真心愿意的话,我们每个人,即使是一个卑微的乞丐,也可以对他人献出爱心,对他人有所帮助。"

文/周连胜

笑是全世界最好的语言

我不懂太多的语言，

但我会笑，因为笑是全世界最好的语言。

——林志颖

　　2005 年 9 月 12 日至 14 日，来自全球一百五十多个国家的元首或政府首脑在纽约联合国总部聚会，共商加强集体安全机制、促进共同发展，以及振兴联合国的大计，纪念联合国成立 60 周年。

　　这次峰会是联合国历史上规模空前的重大盛会，参加会议的国家元首或政府首脑，超过了 2000 年通过《千年宣言》时的人数。这次峰会是在世界安全与发展，以及联合国的威望面临重重挑战的形势下召开的，因而具有特殊的意义。

　　但是，这些国家元首或政府首脑来自不同国情、不同制度的国家，使用不同的语言文字，更有不同的政治见解，尤其是此次会议《成果文件》的起草和通过颇费周折，在许多重大问题上依然分歧不少,悬而未决,几乎险些成为联合国历史上第二次没有《成果文件》的峰会。因此,不少领导人心存芥蒂。

9月14日,出席会议的国家元首或政府首脑和联合国秘书长安南在纽约联合国总部合影。镜头前,许多人的神情严肃,甚至满脸忧虑。

怎样才能让合影者在拍照时露出笑脸呢?这让摄影师颇费思量。

拍照时出人意料的事情发生了:当合影者在各自的位置站好后,在摄影师做出要摁快门的动作时,摄影师身后的一个小卷轴突然打开。

看到卷轴上的字,每个人的脸上都露出了笑容。笑像阳光,消除了合影者脸上的冬天,拉近了合影者之间的心理距离。摄影师虽然不能左右世界风云,但他在力所能及的范围内创造出并捕捉到了和谐,并将这美好的瞬间定格为永恒。与此同时,在周围的人群中响起了经久不息的热烈掌声。

是什么神奇的力量竟能使一百五十多个国家元首或政府首脑不约而同地开怀一笑呢?

原来,为了确保摄影效果,摄影师想了个法子:用英、法、俄、中等六种联合国工作语言,在一个小卷轴上写下了六个"笑"字。当合影者聚精会神地看着镜头时,小卷轴突然打开,六个"笑"

字赫然入目。如此的良苦用心，如此奇思妙想，怎能不令所有的人开怀一笑呢？

与其说，摄影师用一幅小小的卷轴，用一个简单的"笑"字，使合影者驱散了满脸的阴云，洋溢出灿烂的笑容，不如说，摄影师用智慧和善良记录了一个珍贵的历史瞬间，留下了一张永恒的经典照片。

当这张经典照片频频见诸媒体的时候，便有了两个使用率最高的题目：一个是《笑》，另一个是《让世界充满笑》。

看着这张经典的照片，不禁让人想到：笑是上苍赠给人类的最独特的礼物，是人类的通用语言，因为在大千世界的芸芸众生中，只有人类才会笑。

笑是对他人的友善，是对彼此的尊重，是对艰难的藐视，是对苦果的从容，是对生活的热爱，是对事业的信念，是对和平的渴望，是对前途的乐观。

文/齐刚

最后的尊严

人生的坎坷与平坦，生命的精彩与暗淡，
就在窗子的一开一合之间。

——独木舟

巴金先生曾在晚年病重时提出要求，希望能让自己保持最后的尊严，不要在身上插那么多管子，浪费那么多贵重药品，让自己在平静安详中离开这个世界——因为他明白，他已经不再是为自己活着。但由于种种原因，这个愿望没有实现。

尊严，对一个人来说很重要，最后的尊严则尤为重要。

中国旧时，如果要处死君王，不管他罪恶有多大，不管他是被俘虏、被推翻，还是被迫禅让下台，按惯例是不能砍头、腰斩或凌迟的，不能让他们身首异处，只能喝毒酒或用白绫勒死，这样做是要给他留个全尸。这就是给他的最后尊严，也是他的最后一点特权。

　　不过也有例外，春秋战国时，伍子胥为父兄报仇，带兵灭楚后，鞭尸楚平王，就是要摧毁他最后的尊严。这个昏聩透顶的君主，生前听信谗言，夺儿媳为妻，还滥杀忠臣，厚颜无耻，活着本也就没什么尊严了，比行尸走肉强不到哪里去。

　　殷纣王兵败后，投入大火自焚，宁死不当俘虏，那也是为自己保留最后的尊严。如果对比南朝那个窝窝囊囊的陈后主，敌军马上进宫了，他还要带着两个宠妃跳进枯井躲藏——大臣们都嫌他这样做没有尊严，群起拦阻，但他还是厚着脸皮跳进枯井，最后当了俘虏。那么，殷纣王之死还真是值得敬重的，是条汉子，尽管他生前做了太多坏事，死有余辜。

　　泰坦尼克号上，面临沉船时，许多人都保持了最后的尊严。男人们纷纷把逃生的机会让给妇女和孩子，乐队还在有条不紊地演奏，船长仍十分镇静地指挥最后的工作，没有慌作一团，没有歇斯底里，也没有哭天喊地。

　　他们是真正的绅士，他们表现出来的最后的尊严，体现出了教养，也代表了人类的最高尊严。海底的沉船，就是他们永远的纪念馆。

　　抗日将领吉鸿昌被敌人杀害前，要求坐在椅子上，看着刽子手开枪。在大义凛然的吉鸿昌面前，刽子手端着枪的手在颤抖。吉鸿昌轻蔑地一笑，顺手写下绝命诗："恨不抗日死，留作今日羞。

国破尚如此，我何惜此头。"这最后的尊严，气壮山河，神圣无比，可与日月同辉。

最后时刻到了，狱卒端着毒酒进来。此时，希腊大哲苏格拉底仍有多种选择：可向当局低头，换取赦免；可跟着学生越狱，逃得性命。但他宁可有尊严地死去，因为他不愿牺牲真理向权势低头，他也不想当个逃犯使自己名誉受损。因而，他的最后一句话是：我欠了阿斯克勒庇俄斯一只鸡，记得替我还上这笔债。1787年，法国画家达维特将这神圣的一幕定格，创作了著名油画《苏格拉底之死》，艺术地还原了苏格拉底最后的尊严。

月有阴晴圆缺，人有悲欢生死。活要活得有价值，死要死得其所。让我们每个人都有尊严地活着，也有尊严地死去，即便是生命的最后一刻，也要保持最后的尊严。就像印度诗人泰戈尔所言："生如夏花之绚烂，死如秋叶之静美。"

文/齐夫

熟人厌烦症

很多相熟的朋友，以为全面了解，其实经不起细想……

人人孤苦熬世，所见所处也无不零碎片面，

哪有什么全盘知晓？

——杨葵

　　我是在 11 路公交车上遇到菲利的，他是我的老同学，大学四年，我们是公认的铁哥们，连衣服都互相换着穿，所以，我们极其夸张地来了一次拥抱，煞是令旁人羡慕。

　　彼此问候，才知道我们都定居在墨西哥，他结了婚，我也有了家。我竭尽全力地寻找关于工作、家人、小孩的话题，可惜，当初经常秉烛夜谈的我们似乎少了许多默契，只那么三言两语便结束了。

　　我有点尴尬，看菲利，他也不断地往窗外看，时不时向我挤出一丝刻意的笑容。这情景让我很难受，窗外挤满了抢道的出租车，死死地把我们堵在中央，好不容易爬进一段，刚好又遇上红灯。

时间很难熬，好几次挑起话题失败后，我只想赶紧下车，可是，前面还有一座很长的桥，而且，桥头还有个收费站，有一次为了交过桥费足足等了四十分钟，所以我很害怕，当然，不是因为公交车的堵塞，而是无法面对眼前的菲利。

在过桥前的最后一站，我霍然起身奔向门口，临下车那一刻，赶紧回头跟菲利打招呼，说先下了，以后常联系。他站起来，手里提着一大袋食品，爽朗地说，好，以后多聚聚。没想到菲利变化这么大，墨西哥真是磨炼人啊！明明没什么话说，他还说多聚聚。不过我不怪他，我说常联系也是客套话，在公交车上这么久，我们连联系方式都没留下，还怎么联系！

骄阳似火，虽然要步行过桥，但我心里轻松，走一段路总比两个人熬在车上强，再说了，过桥还要多收一块钱，我不亏。

难得步行看看桥上的风景，所以我情不自禁地哼起了小曲，心里盘算着过桥后拿一块钱给儿子买根棒棒糖，那家伙一定会抱着我的脖子使劲亲吻，哈！我忍不住提高了音调，可我耳朵里听到的并不是自己的声音，桥对面走来一人也在使劲哼同样的小曲，我扶了下眼镜仔细一瞧，心里重重地"咯噔"了一下，那人竟然是菲利，他看见我，立马也呆了。

他竟然往回走，难怪我下车的时候他站起来了，他宁愿过桥后再回来也不愿与我一起下车再聊上一段。好不容易才缓过神来，我们互相笑笑，说真巧啊！家里孩子等着吃饭呢，回头见！说完便逃也似的往前走，谁都不愿问为什么对方要走这么长一段。

和菲利擦肩而过那一刻，我分明看见他脸上多了一丝沧桑，一双眼睛老在躲闪。我知道，他不再是当年的他，可是，我还是当年的我吗？

骄阳已躲进云层，我仍觉得全身发热，加快脚步，只想赶紧走完剩下这段桥，也不买棒棒糖了，直接回家，拿面镜子好好瞧瞧自己。

文/谢素军

你简单，世界就简单

我愿意深深地扎入生活，吮尽生活的骨髓，过得扎
实简单，

把一切不属于生活的内容剔除得干净利落，

把生活逼到绝处，用最基本的形式，简单简单再简单。

——梭罗

1

夏风习习的傍晚，我们踏上开往上海的列车。安顿下来后，女儿开始摆弄魔方，转过来，掉过去，玩得不亦乐乎。我掏出一本泛黄的旧书，打发漫长而寂寥的时光。

书翻到一半儿，被一阵争吵声打断。抬头，女儿正和对面的外国小朋友说话。大抵是为玩魔方发生了争执，语言不通，声音又大，听起来像在吵架。

我走过去，轻喝道："把玩具收起来。"女儿正玩在兴头，哪里听得进去？

外国夫妇望着我，友善地笑了笑，嘴里叽里咕噜地说着什么。我茫然地摇摇头，愣是一句没听懂。不过，看他们的手势似乎是想说，孩子之间的问题由她们自己处理。

过了一会儿，传来阵阵欢快的笑声。女儿在教外国小朋友转魔方，每对好一个平面，两人牵着小手欢呼，雀跃不已。

这一路上，她们一起玩魔方，一起分享零食，竟成了好朋友。两人互换纸片，上面用不同的语言写着各自的名字。外国夫妇还在女儿的粉颊上留下香甜的吻。

天刚乍亮，我和女儿站在月台上，跟他们挥手道别。

那个霞光万丈的清晨，因了这一场相逢而馨香满怀。我也由此懂得，微笑是一种世界语，可以拉近心与心的距离。

2

穿行在周庄古镇，路遇一家很有特色的银饰店。店内摆放着项圈、手镯、发簪等饰物，雕工细腻，古朴雅致。我的目光越过琳琅满目的饰品，落到缠枝莲图案的苗银手镯上。

跟卖银饰的女人讨价还价，最终谈妥以 68 元成交。我将镯子戴在手腕上，掏出张百元钞票付账。女人伸手在腰包里摸索一番，少顷，笑着说："找不开钱，我去换一下。"女人踏着青石板路，朝巷子里走去。

我守在原地等候，几分钟过去了，不见女人的踪影。

导游在一旁催促："快点跟上，不要掉队。"同行的朋友提醒说："她或许想到你等不及，故意拖延时间。你再拿她一个镯子，不就结了吗？"我无奈地笑，轻轻地摇了摇头。

我跟随团队走过沈厅，踏过双桥，沿着水巷向前走去。忽然听到身后有人在喊："小妹，等一等。"我转过身，看到了她——银饰店的女人。

她额头上渗出细密的汗珠，双手掐腰，一边喘着粗气一边说："跑了几家店铺才换开，回来就不见了。这是找你的32元，数一数吧！"

"我以为……"话刚出口，我不好意思地笑了。她爽快地接话道："哪能呢，不能坏了这里的声誉。"

我被一种感动包围着，心里漾起淡淡的欢喜，不仅为32元钱的回归，更为那一份良善与诚信。

她的言行如一滴水，折射出一座古镇的品质。相信多年后的某个黄昏，我仍会想起这里诗意的风景——小桥、流水、人家。

3

香雾缭绕的普陀山上，我与一朵花邂逅。那是一朵神奇的三色花，层层叠叠的瓣，鹅黄色的蕊，在乱草丛中静静地绽放。

我久久凝视，被它的美丽所吸引。恐怕最高明的画师，在它面前，也要自惭画工拙劣，难以描绘它的风雅。

我想采摘下这朵花，风干，制成书签，让它淡淡的芳香伴我读书。这样一想，竟兀自笑出了声。

正欲抬脚，草丛里传来一阵"窸窸窣窣"的声响。我循声望去，只见一条墨绿色的蛇吐着红色的芯子，在草丛间游动。我吓得脸青唇白，惊出一身冷汗。

我呆立在那里，连大气都不敢喘一下。我、一朵花、一条蛇，在短短几分钟内，进行了一场心灵的对话，且达成共识——互敬互让，各不相扰。

我没有惊动蛇，蛇也不曾伤害我，当然，那朵花继续在山野之间，接受阳光雨露的滋养。

我们总是抱怨世界太复杂，其实许多时候，是我们的心被自私的橹搅乱了，起了波澜，失去了原有的清澈与宁静。

冰心老人曾说：如果你简单，那么世界也就简单。我想，人与人之间，人与动物之间，人与植物之间，都需要彼此尊重，相互依存，才能构成一道和谐自然的美景。

文/小黑裙

心残

如果一颗心千疮百孔，

住在里面的人就会被雨水打湿。

——张嘉佳

残疾有许多种，心残大约是其中最根深蒂固且几乎无药可救的一类。

认识一个喜好旅游的人，体魄强健，几乎爬遍了天南海北的山，赏遍了全国各地的水，用他自己的话说，心灵是被清泉涤荡过的，与我们这些在俗世中闭守在家不亲近山水的人，无法共通。

我一度也曾钦佩于他，觉得能在热闹之中独走南北的人，必是心灵宁静，了无阻碍，且在其中自由穿行，沾染不上任何的灰渍。

偶尔一次向他感慨，说他有欧洲人的心境，舍得将收入的三分之一，拿来作为出行费用，不似我们这些柴米油盐之人，被飞升的物价撕咬着，始终挣脱不掉物质羁绊，回归纯朴的自然。

不想他却神秘一笑道，像他这样喜欢出行的人，当然要有一些省钱秘诀，否则，真的自掏腰包，怕是挣再多的钱，也会心疼。这才明白，原来每次旅行，他都带了许多可以免费游山玩水的证件，其中一个就是残疾军人证。这张花费不多托人办到的证件，让他在许多景点皆可以畅通出入。

我当即诧异，看他健壮的体魄了无残疾的影子，问他如何能够逃得过检查人员的视线。他大笑说，我早已在别人怀疑的视线里，身经百战，波澜不惊，修炼到如此程度，可不是一般人可以企及的。

周围相熟的人都很羡慕，说什么时候一定要请他也帮忙，办个记者证或者学生证，这样乘坐公交或者出行游玩，便可以大大节省一笔开支。一群人彼此附和着，说这世道真好，一个证，便可以畅通无阻地快乐行走。怪不得人人皆说，享受物质的人，很大一部分是不用自己掏钱的。免费的东西才可以怡然享受，真正花了钱的，多多少少都会不舍。

其间他起身去洗手，旁边他十岁的侄女悄声向我们道：知道吗？其实我叔叔哪儿都不残疾，就心灵残疾。这一句，犹如一把刀子，咔的一声，就让我们每个人长了厚茧的心见了血。一群人呆坐在那里竟是许久，都不知该用怎样的表情，来回应小女孩这无心又无情的一句。

又记得一次去海边，忘记带相机。正想要如何拍一张照，一男一女便拿了相机走上来说："照一张留个纪念吧，来一趟，不要有遗憾。"问了价钱，十元一张，想想不贵，便答应只拍一张。负责拍照的男人说："可以多拍几张，选一张好看的给你洗出来。"说完了不等我回答，便啪啪啪地给我狂拍一通。等我反应过来，他已经拍下了十几张。

就在我拿了一张十元纸币，准备付钱的时候，男人突然冷了脸道："十几张照片，怎能只付十元？"我吃惊，争辩道："说好了只拍一张，也说好了可以选一张最好看的，怎么到头来你们反悔？"

女人脸色当即凶恶，说，我们这可是胶卷相机，照了就删不掉！我假装带钱太少，拒绝支付他们敲诈的150元。可惜还没等我想好如何逃掉，便被四个人团团围住，一副我不付钱便立刻抢我包的恶劣架势。

不愿与这些人纠缠，掏钱买个心静。却发现那些照片影像模糊，拙劣不堪，忍不住走之前讽刺那个拍照的男人，还不如三流的业余摄影师。男人脸皮厚，嘻嘻笑道，怎么会不好看呢，我可是给人拍了一辈子照片了。

我当即心里大笑不止，假若人的一生是一件正待烧制的陶器，劣质的谋生技能原来还不是其上最俗恶的疤痕，而心内不自知，且绞尽脑汁地想着欺骗，才是其上最粗劣最赫目的一道残缺。

世间有多少人像这样，拥有健康的身体，而心灵在岁月的冲刷中，有了这样那样的残缺。很多时候，我们将同情与可怜给予那些身体残疾的人，殊不知，真正的残疾不在身体，而是一颗心，被虚荣、矫饰、伪装、邪恶、凶残、狡猾一一地侵入、腐蚀，直至最后千疮百孔，不忍卒睹。

　　而一旦心有了残疾，任何良药皆不能救。

文/方菲

BEING OK IS THE KILLER
OF
A BETTER LIFE

摄影/渔火沉钟

去痒消肿的生活哲学

容易伤害别人和自己的，

总是对距离的边缘模糊不清的人。

——安妮宝贝

有一个熟人，在小城里像一匹鲜艳劣质的绸缎，在风里四处呼啦啦飞，特别扎眼。去饭馆里吃饭，她总会多个心眼，打听你要请谁，这人来历如何，有没有硬的后台，能不能日后用到他（她）做什么事情，再或最近你又在哪里发财，如果有挣钱的买卖，千万别忘了分她一杯羹，怎么着，也要让她尝上一口吧！

所以无论如何，都不能够对她生出好感。尽管借着父母的关系，与她还算得上远房亲戚。每次见她登门拜访，我心里总会掂量一下：最近是不是有什么地方被她看中，能够为她拿来所用？再或警惕地上下审视她几个回合，想窥出她满脸横溢的笑容里，是否隐藏着重重的杀机。

她总是有事必求，毫不客气。登我的家门犹如进自家客厅，出入自由，来去轻松。父母是客气善良惯了的，对这个远房亲戚奈何不得，所以若是能够帮忙，基本有求必应。这也助长了她的气焰，愈加不把自己当外人看待，逢年过节提礼进家，人还未到，声已入耳。

一次她正与父母闲聊，我懒得接待，独自上楼上网。她不知何时悄无声息地出现在我的身后，好奇地注视我与人聊天。我顿时有被人窥探的不适，胡乱点击了几下，便起身去整理房间，留她一人讪笑着坐在电脑旁边，继续好奇地观望。

等到她终于起身，干笑两声，说句"你忙我走"的时候，我才发现她竟是无意中将我一个正写着的文档没有保存便关闭了。

想到刚刚辛苦写成的东西就这样瞬间消失，我几乎气得肺都要炸了。刚想要将平素对她的不满和讨厌，全都一股脑倾泻出来，母亲便走过来，看见我发青的脸色，即刻转移话题说："楼下的茶水凉了，再喝一杯吧。"她想来已经知道我要发火，迅速地下了楼，躲开了我要燃爆的炸药。

后来问母亲，为何就能够原谅这样一个自私到无休无止打扰我们的女人？我们并不欠她什么，也没有义务要为她做这做那，仅有的一点亲缘，也不应该任她这样无度索取吧！

母亲莞尔一笑："哪个人的身边，没有一两个这样蚊虫一样让你烦扰的人呢？你不能消灭所有的蚊虫，也不能让他们不再出现，所以心里装一瓶清凉油，给自己抹抹，驱驱他们带来的小烦恼，就已经是一个舒适的夏天了。再动怒发火，将已经被咬的一个大包挠破了，化了脓，需要去医院，多不值得！"

还没有彻底明白母亲的话，便又遇到了另外一个同样扰乱了我生活的人。他每日都会用这样那样的琐屑小事向我请教，并希望我像"百度"或者"谷歌"那样，给他一个十全十美的答案，语气里带着十二分的谦恭，一声声喊我"老师"，并找各式的理由讨好我，但事实上，他所有的问题都拙劣而且可笑。

我本可以发短信给他，告诉他我不喜欢被人打扰，很多事情他本可以自己找到答案，而不必求助于我。可是我却用近乎粗暴的方式，在他再一次打扰我的时候将他骂走。

我以为这下终于可以安定，可孰料这人特别八卦，将我的坏脾气迅速传播开来，并因此为我招来更多的烦恼，甚至因此失去了一次与人合作的重要机会。这个本来涂一滴清凉油就可以解决的红肿小包，最后却是花了更长的时间和精力，才祛除它留在我人生肌肤上的青紫疤痕。

终于明白母亲淡定地给烦恼去痒消肿的生活哲学，那些无论如何你都厌弃的人，或许永远都不能够摆脱掉他们，更不能够强行地将之甩掉，那么备一瓶清凉油，一起走一段清爽的人生旅程，或许是最明智的选择。

文/小艾

图书在版编目（CIP）数据

不将就，才能过上更好的生活 / 好读 主编 . -- 北京：
作家出版社，2016.7

ISBN 978-7-5063-9087-3

Ⅰ. ①不… Ⅱ. ①好… Ⅲ. ①散文集－中国－当代
Ⅳ. ① I267

中国版本图书馆 CIP 数据核字（2016）第 188018 号

不将就，才能过上更好的生活

主　　编：好　读
责任编辑：丁文梅
装帧设计：@王木木就是琳子
出 品 方：北京中作华文数字传媒股份有限公司
出版发行：作家出版社
社　　址：北京农展馆南里 10 号　　　　　邮　　编：100125
电话传真：86-10-65930756（出版发行部）
　　　　　86-10-65004079（总编室）
　　　　　86-10-65015116（邮购部）
E-mail: zuojia@zuojia.net.cn
http://www.haozuojia.com（作家在线）
印　　刷：中煤（北京）印务有限公司
成品尺寸：145×210
字　　数：150 千
印　　张：8.5
版　　次：2016 年 9 月第 1 版
印　　次：2016 年 9 月第 1 次印刷
ISBN　978-7-5063-9087-3
定　　价：36.00 元